戀人絮語

Fragments d'un discours amoureux

羅蘭・巴特
Roland Barthes

國家圖書館出版品預行編目資料

戀人絮語 ／ 羅蘭·巴特（Roland Barthes）著；汪耀
進、武佩榮譯. ── 初版. ──── 臺北市 ： 商周出版 ： 家
庭傳媒城邦分公司發行，
民99.07
面： 公分. --（Neo Reading：1）
譯自：Fragments d'un discours amoureux
ISBN 978-986-272-007-3（平裝）
1.戀愛 2.法語3. 術語

810.4   99010607

羅蘭・巴特和他的《戀人絮語》

汪耀進

　　面對著這位西方文壇的顯赫大師，我們應該說些什麼呢？沒有一座語言範疇的小廟能容得下這位大菩薩。70年代，法國「門檻」（Seuil）出版社推出一套聲勢浩大的叢書：「永恆作家論叢」，從古希臘學究到當代荒誕派盡皆收入，專邀學界權威撰寫專著評述。惟獨這位當時尚在世的巴特，令卑躬的學者們像生怕褻瀆神靈似的不敢問津。而他在學壇的深遠影響又令人欲罷不忍。於是出現了有趣的現象：《羅蘭・巴特》，作者──羅蘭・巴特。誰能摸得準他呢？翻開流行於西方學術界的思潮流派的經籍文獻索引：馬克思主義，精神分析，結構主義，符號學，接受美學，釋義學，解構主義……裡面總有巴特的一席之地。馬克思、沙特思辨的印跡，布萊希特和索緒爾理論的折射，克莉斯蒂娃和索萊方法論的火花，德希達深沉隱晦的年輪，尼采的回聲，佛洛伊德和拉岡的變調在巴特筆端融合紛呈。這位大才子的意識流動如野雲孤飛，去留無跡，讓追尋他足跡的崇拜者衝著他飄忽的背影直發愣。當人們折服於他在符號學上的造詣而將他推上符號學學會主席的寶座時，他自己壓根兒已不再將符號學當回事，早已「心不在焉」了。嚴謹的學術權威們像諸神一般在法國學壇的所謂「巴特儂」神廟各就各位，虎踞龍盤，巴特卻甘願在神廟外的臺階廊沿（他所津津

樂道的「邊緣」）起舞弄清影，揀盡寒枝不肯棲。

　　已經很少有人再否認這樣一個事實：巴特是繼沙特之後的法國學界的另一位「現代大師」。在法蘭西學院開講時，肅穆森嚴的學府深院竟然會門庭若市。從外國遊客到退休教師都會趨之若鶩——他對日常生活的雜感頃刻間就會以醒目的大標題被搬到報刊雜誌上。

　　他的晚年著作《戀人絮語》（以下簡稱《絮語》）竟然成了暢銷書，甚至被搬上了舞臺。

　　西方一些學術刊物：《如是》（1979年秋季號），《評說》（1972年1月號），《北極》（1974年），《有形語言》（1977年秋季號），《二十世紀文學研究》（1981年春季號），《詩學》（1981年9月號）……競相出版研究專刊探討巴特的思想。

　　巴特以對法國文化的精湛研究而著稱，而他本人也成了一個奇特的文化現象。

　　既然是「現代大師」，從何而言？仁者見仁，智者見智。人們從巴特那裡窺見了各自的興奮焦點。在許多人看來，巴特首先是結構主義思想家，是以結構主義眼光來打量文化現象的先驅；是他將符號學推向了法國學術界的前沿；是他勾勒了結構主義「文學科學」的藍圖。

　　在另外一些人的眼中，巴特又絕非是科學精神的體現者，而是一個追求快感樂趣的人本主義的化身。為滿足快感而閱讀，管他天王老子，無視清規戒律，我愛怎樣讀就怎樣讀。

　　巴特又被奉為學術界的「先鋒派」。當法國新小說派代表

人物羅勃-霍格里耶（Alain Robbe-Gillet）等人的實驗性小說被法國批評界斥為不可卒讀的一團糟時，巴特挺身而出，拔筆相助，並且斷言：只有「不可卒讀」才體現了文學的最終目的，因為它向讀者的期待心理進行了挑戰。由此，他力貶「可讀性」作品，推崇「可寫性」文本──讀者不知怎樣讀，只能靠想像（邊讀邊創作即「寫作」）。

有趣的是，巴特在文學主張上厚今薄古，但他批評實踐的重心顯然又是厚古薄今，他不遺餘力地推崇新小說，而他的評論激情卻都是宣洩在法國的經典作家身上：拉辛和巴爾札克。他最喜愛的是「從夏多布里昂到普魯斯特期間的法國文學」。這一「悖論」現象只能解釋為：巴特是以現代批評家的眼光去讀古典文學作品的。

巴特曾專門舉辦了一個研討巴爾札克的《薩拉帝》的討論班，歷時兩年，討論班的結晶便是巴特著名的批評著作《S/Z》。1975年1月，巴特在巴黎高師又開了個討論班，選擇的文本是歌德的《少年維特的煩惱》，初衷是探討拆解語言，擺弄語言的「外衣」，研究一種話語──即情話，戀人的絮語──獨自的特性。維特是充滿激情的思辨型戀人的原型，他的一派癡語是典型的戀人情話。討論班的聚焦點不是這部文學名著本身，而是其中戀人的傾吐方式和絮語的載體。兩年後，巴特發現自己陷入了一種「雙向運動」（doublemovement）的不知不覺之中，他已將自己的情感軌跡和心路歷程傾注到書中的情境裡去了。最後是水乳交融，落入了一個類似莊生夢蝶的迷惘格局。更有甚者，參加討論班的才子情種們又都在他們的發言中傾注了自己的生

活體驗和感受。於是巴特改變了初衷，討論班的結晶——《絮語》不再是關於情話的論述，不再是訴諸一種一板一眼的科學語言來籠統地概括描述情話，而是一種新的文體，一種虛構的文字。巴特借鑒了尼采的戲劇化手法，掙脫了超然局外的「元語言」的刻板束縛。轉敘論述成了直接演示，行文成了「動真格的」話語（un discours "monte"）。

《絮語》的結構匠心旨在反戀愛故事的結構。諸篇章常常以某一生動的場景或情境起首，完全可以任其自然地衍生出一個個愛情場景或故事。但行文卻常常戛然而止。為什麼不繼續下去？為什麼不乾脆寫部小說？巴特認為，對情話的感悟和灼見（vision）從根本上說是片段的、不連貫的。戀人往往是思緒萬千，語絲雜亂。種種意念常常是稍縱即逝。陡然的節外生枝，莫名其妙油然而生的妒意，失約的懊惱，等待的焦灼……都會在喃喃的語流中激起波瀾，打破原有的漣漪，蕩漾出別的流向。巴特神往的就是「戀人心中掀起的語言波瀾的湍流」（就像詩人葉慈從飛旋的舞姿中瞥見一種永恆的和諧一樣）。「像一個細心的廚師，他留意不讓語言變稠，變粘」（萊奇《解構主義引論》第112頁）。

由此，巴特將綿綿語絲斬為片斷，無意雕鑿拼湊一個有頭有尾的愛情故事。在他看來，一個精心建構的首尾相顧、好事多磨的愛情故事是「社會以一種異己的語言讓戀人與社會妥協的方式」（《Le grain de la voix》，第267頁）。敷設這樣一段故事不啻是編織一個束縛自己的羅網。真正為愛情而痛苦的戀人既沒有從這種妥協中獲益，也沒有能成為這種愛情故事中的主

人公。愛情不可能構成故事，它只能是一番感受，幾段思緒，諸般情境，寄託在一片癡愚之中，剪不斷，理還亂。因此，《絮語》的結構設想就是要碎拆習見的戀愛故事結構，即使是片段情景的排列，也不是依從常人所理解的愛情發展順序（如一見鍾情之後便是焦灼期待等等）。

　　全書的諸般情境是按字母順序排列的。其用心在於，避免導致某種（用偶然的，隨心所欲的排列而引起的）誤會——似乎作者在煞費苦心的排列中要傳遞某種「愛情哲學」，或某種「思想體系」，而這正是巴特所要避免的。書中的所謂「戀人」是一個複合體：純潔幻想的戀人與智慧深邃的作者的結合，想像的激情與冷靜的自制（表現力）的統一（就像任何一部作品的誕生一樣）。這裡，應該提醒讀者體味巴特的苦心：反戀愛故事，即著力表現戀人的想像激情，而不是「故事」或「正確表達」。這種辭典式的羅列形式透出了一種冷靜，是一種不加掩飾、文飾的表達方式，似乎告訴人們這裡面既沒有隱私，也不是什麼自白，同時也揭示了戀人並不是個什麼不同凡響的人傑，而只是一個在習見與陳詞中挑揀的現代文化人。戀人在表演戀人的角色，這個角色由習俗陳規決定；藝術提供給他感覺、情緒和詞句。他的痛苦是可望不可即而產生的焦慮；他無法越過陳規的雷池以更直接的形式實現他的渴求。他不得不對符號加上臆想的虛線（延長線）。愛人的虛位烏有（即「不在」）成了僅有的「存在」。戀人在這種虛擬的「存在」上宣洩戀物、象徵和釋義的激情。這一模式在西方自文藝復興時的義大利14世紀詩人佩脫拉克始，就不知有多少文人騷客競

相搬弄演衍。巴特的獨創之處是賦予其濃厚的符號學色彩。熱戀中的自我是一部熱情的機器，拚命製造符號，然後供自己消費。

說到底，《絮語》便是對正在敘述中的戀人的寫照，儘管它帶有法國文學自17世紀以來細膩的心理刻畫這一傳統的印跡，但它卻不是要表現一個假定的（或特定的）什麼人，而是展示了一個充分體現主體意義的「我」，呈現為一種產生、發展、建構、流動、開放的過程。過程的實現完全是憑藉語言的構造。語言不是主體意義的表達；相反，是語言鑄就了主體，鑄就了「我」。因此，《絮語》中的「我」是多元的、不確定的、無性別的、流動的、多聲部的。

整個文本以及貫穿這部文本的無序與無定向性是解構主義大師巴特向終極意義挑戰的一種嘗試。這樣說來，《絮語》又是一個典型的解構主義文本。我剛動手譯這本書時，就不斷有人用最質樸的問題困擾我——「這是一本關於什麼的書？」結果我只能很費力地擠出一串囁嚅的省略號。很譜個中三昧的一位「行家」作出高深莫測狀告訴我：這是本「醉翁之意不在酒」的書。那麼，在乎山水？不然，巴特這翁壓根兒就矢口否認有什麼「意」，無所寄寓，滿不在乎。

——那不成了胡話了嗎？

——對了。胡話，癡言，譫語正是巴特所神往的一種行文載體，一種沒有中心意義的、快節奏的、狂熱的語言活動，一種純淨、超脫的語言烏托邦境界。沉溺於這種「無底的、無真諦的語言喜劇」便是對終極意義的否定的根本方式。遙望天

際，那分明的一道地平線難道就是大地的終段？不，它可以無限制地伸展。語言的地平線又何嘗不是這樣。

這並不是一種虛無主義態度，而是一個解構主義學者面對縱橫交錯的語言、意義經緯織成的歷史文化潛意識網路的清醒認識。現實是語言分濾的結果，而構造現存人類文化的語言瓦礫上又佈滿了歷史文化的苔痕和吸附，沉澱了特有的歷史內涵，隨風潛入夜，潤物細無聲。凡爾納（Jules Verne）在寫《神祕島》時，根本不會想到耐莫上校的存在這一情節機制在復現了魯濱遜的歷史原型時，又帶入了漂泊天涯的畸零人、局外人的母題動機，從而構成了與文明征服蠻荒的讚歌相悖的不和諧音。由此，誰還能再一口咬定這本書有一個什麼終極意義？「天下文章一大抄」。文章其實都是五花八門的意義的融匯。作家遣詞造句，自以為恰到好處，得心應手，其實都可能創造自己沒有料及的、無法駕馭的怪物福蘭肯斯坦（Frankenstein）。在巴特看來，任何文本都只不過是一個鋪天蓋地巨大意義網路上的一個紐結；它與四周的牽連千絲萬縷，無一定向。這便是「文本互涉」（Intertextuality）。無怪乎中世紀的人們就將世界比附為上帝寫的一本巨大天書。只不過在巴特看來，這本天書背後沒有一個終極的神旨，而是一個文本互涉的「斑駁雜拉的辭典」。這樣一來，抱定一個終極意義不就顯得很愚頑了嗎？

由此，作者的喪鐘敲響了！像尼采疾呼上帝死了一樣，巴特以另一種心境（不無快慰？）向世人宣佈：作者死了。一部作品問世，意味著一道支流融入了意義的汪洋，增加了新的水

量，又默默接受大海的倒灌。

在文本互涉這一前提上，巴特構造了他的文本理論：

1.　文本不同於傳統「作品」。文本純粹是語言創造活動的體驗。

2.　文本突破了體裁和習俗的窠臼，走到了理性和可讀性的邊緣。

3.　文本是對能指的放縱，沒有匯攏點，沒有收口，所指被一再後移。

4.　文本構築在無法追根尋源的、無從考據的文間引語，屬事用典，回聲和各種文化語彙之上。由此呈紛紜多義狀。它所呼喚的不是什麼真諦，而是碎拆。

5.　「作者」既不是文本的源頭，也不是文本的終極。他只能「造訪」文本。

6.　文本向讀者開放，由作為合作者和消費者的讀者驅動或創造。

7.　文本的指向是一種和烏托邦境界類似性快感的體驗。

仔細捉摸一下，不難覺察出巴特是借否定語言的終極意義來否定神、權威和理性。追求文本的多義乃至無不帶有強烈的反個人性用意。巴特宣布作者死亡，壓低作家的個人性，是想沖淡資產階級自文藝復興以來不斷強化的個人意識，而巴特神往的擺脫一切俗成羈絆的、放縱個性的自由寫作方式與自由閱讀方式又陷入了一種極端的個人性，實際上，強調讀者的個人閱讀自由體驗像強調作家個人中心一樣，同屬強化個人色彩，抬舉個人位置。這是個悖論格局。

理論支點的有失偏頗並不意味著整個建築的崩坍。比薩斜塔的綽約風姿不更自成一格，令人驚歎嗎？思辨的過程也許更富魅力。《絮語》不啻是一個萬花筒，滿是支離破碎、五顏六色的紙片，稍稍轉動一個角度又排成了一個新的組合。由此，讀者將不斷地被作者（或者說使自己）拋入新的視角，永遠處於一種「散點透視」的惶惶然之中，但這種無節制的縱橫馳騁又何嘗不是種種擺脫束縛後的自由感和快慰？

1987年6月草於上海
7月修改於美國哈佛

目錄

本書的問世

　　如今，戀人的絮語備受冷落。說的人也許成千上萬（誰知道呢？），但又不被任何人認可；它被周圍的種種言語所遺棄：或忽略，或貶斥，或嘲弄，既與權威無緣，又被擯絕於權威性機構（科技界、學術界、藝術界）的大門之外。而當某種道白放任自流，游離於現實土壤之外，獨往獨來時，它就只能成為一種肯定之載體，不管這一載體是多麼的微弱。這一肯定便是本書將揭示的母題。

本書怎樣構成

　　一切都從這一原則出發：不應將戀人僅僅歸結為一個單純的帶有某種特殊症狀的主體；不妨設法讓人聽到他聲音裡的某種非現實的，即難以捉摸的東西。由此而選擇一種「戲劇」的方法，它不依賴例證，而是建立在一種元語言（沒有後設語言。）的行為之上。對戀人絮語的描述被類比演示所取代，而且道白被重新賦予其原有的人稱，即「我」，以展示陳述具態，而非條分縷析。這裡呈現的是幅肖像畫，著重於結構的勾勒，卻不作心理描繪，和盤托出一個講壇：有人正面對緘默不語的對方（愛戀對象）在溫情脈脈地喃喃自語。

1.情境

　　陳述（拉丁文dis-cursis），從詞源上看，是指東跑西顛的動作，是來回忙碌，「走門路」，「耍手腕」。同樣，戀人的腦子也在轉個不停，不斷想出新花招，又不斷跟自己過不去。他的話語總是呈萬千語絮，一有風吹草動便紛至沓來。

　　這些語絮可稱為情境。這個詞不應理解為修辭格 ❶，而應從體操或舞蹈的角度去把握；簡言之，從該詞的希臘文原文去理解：σχῆμα，不是「圖解」；它要比「圖解」生動得多，是對

運動中身體姿勢的瞬間捕捉，而不是對靜止對象的凝神觀照：運動員、演說者以及塑像的身體：從伸展的身姿中凝固的瞬間。正如為種種情勢所擺佈的戀人，他在近似瘋狂的運動中奔突撲騰，搞得精疲力盡，活脫脫一個運動員；他眉飛色舞，口若懸河，端的是一個演說家；他甘受擺佈，暈暈乎乎地就進入了一個角色，煞像一尊泥塑。情境，就是忙活著的戀人。

當人們在稍縱即逝的語流中辨認出過去曾經閱讀過、聽說過或感受過的某種東西時，種種情境便會顯現出來。情境是被確定的（像符號一樣），可待追憶（如某一景象或某個故事）。如果有人說：「瞧，可不是嗎？那語言情景我見過。」情境也就形成了。語言學家為了自圓其說，用了一個模糊的概念，稱之為語感；為了構成情境，我們或多或少也需要這樣一種引導，即戀愛感受。

文本的分佈最終說來無關緊要，或充實，或單薄；行文有時會出現語塞，許多情境的發展會中途戛然而止；儘管某些情境確屬戀人言語的範疇，但並不能體現其精華：關於「慵倦」，關於「景象」，關於「情書」，我們又能說些什麼呢？一篇戀人絮語就是由欲望、想像和心跡表白所交織而成。傾吐這番癡語且生發出種種情境的獨白者並不知道由此會醞釀出怎樣一本書；他尚不知道作為一個有教養、有學識的人是不該翻來覆去、自相矛盾或以偏概全的；他只知道某一時刻在他腦海裡倏忽閃過的意念會留下痕跡，就像某種規範留下的印跡（在過去，或許就是騎士風尚的規範，或是溫柔鄉的示意圖）❷。

每個人都可根據自己個人的經歷去體現這一規範；不論

單薄與否，情境總該佔有一席之地：就好像有一部關於愛情的概論，而情境就是其中的一個部分。然而概論往往有這樣的特點，即多少有點空泛：一部概論，從根本上說就是半規範、半投射的（或者說，由於規約，而成為投射的）。關於等待，關於焦慮，關於回憶，我們至多只能說出一個很有限的補充說明，以使讀者得以捕捉它，補充它，刪減它並傳給別人：遊戲者圍繞著情境傳遞著白貂❸；附帶提一下，有時持圈者在傳出圈之前還多停頓一秒鐘，然後再傳出（本書，從理想的角度說，應該是一種合作：「致讀者──致情侶──合為一體」）。

寫在本書中每一情境前的不是定義，而是內容提要：Argumentum的意思是：「展示，陳述，摘要，情節概要，編造的故事」；我再補充一條詞義：布萊希特式的間離效果法的工具，告示牌。這種提示要表現的並非戀人本身（同樣，既不是他之外的任何人，也沒有關於愛情的論述），而只是戀人所說的話。「焦慮」的情境之所以在此出現，那是因為戀人有時會失聲呼喊：「我憂心如焚！」（當然他不會去注意這個詞所具有的病理上的含義。）就像卡拉斯❹唱的那樣：「怎不叫人心煩意亂！」在某種程度上，情境就是一個歌劇唱段：就像人們往往用唱段的頭一句歌詞來命名它，並由此熟記並演唱它一樣（比如《我願生活在這夢幻中》、《哭泣吧，我的眼睛》……等等），情境也是起源於語言重複造成的習慣性痕跡，正是這種痕跡在不知不覺中造成情境。

人們往往認為只存在詞語的用法，而沒有什麼句子的

用法：實際上每個情境的核心都有一個句子，它往往受到忽略（不曾被意識到）；這句子在戀人的能指❺結構中有其自身的法則。這個母句（我們僅在此作一假設）並不是一個完整的句子，或一個完成的資訊。其能動原則並不在於它説出了什麼事情，而在於它發出什麼音：這個句子，歸根到底，只是一個「句法唱段」，一種「構成模式」。比方説，戀人在等待愛戀對象來赴約會時，腦子裡常常會閃現這樣的句子：「不管怎麼説，這真掃興……」，「他／她本該……」，「可他／她完全知道……」：本該幹什麼？知道什麼？這些都無關緊要，「等待」的情境已經構成。這些句子相當於情境的模式，恰恰由於它們是懸而未決的，有待完成的；它們表達出情感，然後突然打住，角色已告完成。瘋狂的，從來就不是詞語（它們充其量是有點兒變態），而是句法：難道主語不是在句子的層次上尋找自己的位置——卻又無處可尋——或只能找到語言強加於它的虛假位置？在情境的深處，有著某種「語言的幻覺」（佛洛伊德、拉岡❻語）：被腰斬的句子往往保留它的基本構成（「儘管你是……」，「假如你還要……」）。由此產生出情境的騷動不安：甚至最柔和的情境也免不了帶有因懸念引起的恐怖：我從中聽到的是有如狂風暴雨般的「我真想……」❼，這在修辭學上稱作緘默加強法，表示憤怒、威脅等。

2.序列

　　在整個戀愛過程中，出現在戀人腦子裡的種種情境是沒有任何次序可求的，因為它們的每次出現都取決於一個（內在或外在的）偶然因素。碰到任何一個與之相關的偶然事件（一下子「落到」他頭上），戀人總是出於自己想像的需要、快感，而身不由己地去挖掘自己的情境儲存（或寶藏？）。每一個閃現的情境都彷彿一個脫離了和諧曲調的單音——或是像繚繞耳邊的某一個單調的旋律——令人厭煩地重複個不停。不存在任何邏輯來連接這種種情境或決定它們之間的關係；情境處於意群之外，敘述之外；它們就像復仇女神，騷動，撞擊，平息，再捲土重來，偃旗息鼓，並不比蚊子的騷擾更有規律。戀人的表述（dis-cursis）並不是辯證發展的；它就像日曆一般輪轉不停，好似一部有關情感的專業全書（戀人的愛情有點像《布法和貝居榭》❽）。

　　用語言學的術語來說，情境的分佈呈發散型，而非聚合型，它們始終保持在同一水準上：戀人道出無數情話，但並不將它們納入更高的層次，寫成一部著作：這是一種呈水平狀的陳述，不帶任何超驗性，任何拯救人類的宏願或任何傳奇色彩（但卻有很多幻想）。誠然，對於任何一個愛情事件我們都能賦予某種意義：產生、發展、消亡，它可以順著這樣的程式進行，人們也有可能會按照因果律或哲學上的合目的性，甚至按照道德訓誡的意圖來解釋它（「我那會兒真是瘋了，現在好了，沒事了」，「愛情是個陷阱，得小心提防」，等等）：

那是愛情故事，從屬於敘述體的那一個，從屬於輿論，而輿論總是貶斥過激力量，並迫使戀人壓抑其亂紛紛、毫無目的的、如脫韁野馬般馳騁的想像，抑止的結果不外是痛苦的、病態的發作，但惟有這樣，方能痊癒。（「發病，病勢加重，感覺痛苦，然後就過去了」）就像希波克拉底❾所論證的病理過程：愛情故事（「歷險」）是戀人為達到與社會的調和而付出的貢品。

陳述，獨白，私語，則完全是另一碼事，它伴隨著愛情故事，卻不知其為何物。這種陳述（以及反映它的文體）的原則就是情境不能排列，不能形成順序，逐漸進展，並趨向某一個目的（某個確定的布置），它們沒有先後之分。為了說明這裡並不是在講述愛情故事（或某一個愛情故事）——一切尋找這種意義的企圖自然也註定是徒勞的——，有必要選擇一個絕對無意義的順序。我們將本書中情境的順序（這順序無法避免，因為書從根本上說只能是一種順序）按照兩套互相關聯的隨意排列法來安排：名稱排列法和字母排列法。兩種方法都是比較適中的：一個是出於語義學的考慮（在詞典裡所有的詞中，一個情境至多只能接受兩三個詞），另一個則是根據我們上千年的習俗，即我們現有的字母的排列。這樣就能避免純粹的偶然因素可能具有的詭詐，因為偶然很可能會造成邏輯的序列；正如一個數學家所說的那樣，不該「輕視偶然能夠生出怪物的威力」；假如真的出現那種情況的話，那麼從某種情境的排列生出的怪物就可能成為一門「愛情的哲學」；而事實上我們所期冀的卻只是戀人語言的肯定。

3.參考素材

　　各種各樣的原材料構成了這裡的戀人：主要的原型是歌德的維特；我們還不斷地引用各類作品（柏拉圖的《會飲篇》，禪宗，分析心理學，某些神祕主義者的著作，尼采的作品，德國的浪漫曲）；也有偶然翻閱到的或從朋友的談話中採擷的片斷；自然，免不了還要從作者個人的經歷中尋找一些合適的材料。

　　來自書本和朋友的材料，我們有時在空白處標出書名或朋友的姓名縮寫。這樣注明參考素材的來源並非為了顯示權威，而是出於友誼；我並不祈求什麼護佑，只想通過行文中表現出的對朋友或先哲的致意來重新喚起曾經吸引我們、令我們心悅誠服並曾在瞬間賦予我們理解（被理解？）的快感的種種事物。這樣，我們的所見所聞便往往處於某種生動的、未完成的狀態中。這種狀態非常適合於戀人的陳述，因為後者事實上就是對種種場景的追憶（書本，經歷）：正是在這樣或那樣的場景中，我們讀到和聽到種種有關戀人的事情。如果說作者將其自身的「文化素養」賦予這個戀人，那麼反過來，戀人也向他回贈了自己純潔的想像——跟學識的正確使用毫不相干的想像。

譯注：

❶ 原文figure是個多義詞，既解釋爲「外形，形象」等，也可以解釋爲「修辭格」。

❷ 法國17世紀女才子斯居德莉（1607—1701）和她周圍的一幫文人在文學作品中想像並描繪出的愛情國及其中的條條愛情之路。

❸ 指一種傳環遊戲：參加者圍坐一圈，相互傳遞一環，由站在圈內的一人猜在何人手中。

❹ 著名的希臘裔美籍女歌唱家，曾主演過一百多部歌劇，於1977年逝世（1923—1977）。

❺ 能指（signifiant）和所指（signifié）是結構主義——符號學的基本概念。前者指符號的有聲形象或書寫下來的對等物；後者爲符號的價值或意義；兩者互爲依託。有關「能指」、「所指」及兩者之間的關係的進一步解釋，讀者不妨參閱《回憶》（今夜星光燦爛篇）的譯注 ❷，《我愛你》譯注 ❿。

❻ 拉岡（Jacques Lacan, 1901—1981），法國哲學家、心理學家，精神分析學的重要代表人物之一。

❼ 原爲拉丁文Quos ego，源出古羅馬大詩人維吉爾的史詩《伊尼德》第一卷中描寫海神被海上的風暴所激怒時發出的喊聲：「我真想……」。被引用來說明緘默加強這一修辭手法。

❽ 《布法和貝居樹》（Bouvard et Pécuchet）是法國19世紀小說家福樓拜的最後一部作品（未完成），書中的兩位主人公結成莫逆之交，又得了巨額遺產，便潛心於自然科學和社會科學的各個領域、學科的研究，又逐一加以屛棄。經歷了這樣一次「科學歷險」之後，兩人在失望之餘，又回到了原來的老本行——繼續抄寫。巴特引用這本書來形象地比喻戀人對愛情領域中各種情境的探索，一本「愛情全書」。

❾ 希波克拉底（Hippocrates, 約前460—前377），古希臘醫師，西方醫學奠基人。提出「體液學說」，認爲人體由四種體液（血液、粘液、黃膽和黑膽）組成，其不同的配合使人們的體質各不相同。他把疾病看作是發展著的現象，認爲醫師所醫治的不僅是疾病，主要是病人；重視對症治療及預後等。其醫學觀點對後來的西方醫學有巨大影響。

以下是一個戀愛中人
在講話，
他說：

「我沉醉了，我屈從了……」

身心沉浸。戀人在絕望或滿足時的一種身不由己的強烈感受。

1.柔情

也說不上是悲還是喜，有時我真想讓自己沉浸在什麼裡面。

維特

今天早晨（在鄉村），天陰沉沉的，又透出幾分暖意。我惆悵極了（卻又說不上是什麼原因）①。腦海裡掠過一絲輕生的念頭，但又沒有怨天尤人的意思（我並不想要脅什麼人），完全是一個病態的怪念頭，並不礙事（也「斷」不了什麼），只是與今天早上的情調（還有寂寥的氛圍）挺合拍。

還有一天，細雨霏霏，我們在等船；這一次出於一種幸福感，我又沉浸在同樣一種身不由己的恍惚中。常常是這樣，要麼是惆悵，要麼是欣喜，總讓人身不由己。其實也沒有什麼大喜大悲，好端端便會失魂落魄，感到沉醉，飄飄悠悠，身如輕雲。我不時地輕輕觸動、撫弄、試探一些念頭（就像你用腳伸入水裡試探一樣），怎麼也排遣不開。又沒有什麼大不了的事。

這便是地地道道的柔情。
．．

2.戀人之死

崔斯坦

波特萊爾

這種身心沉浸的強烈感受可以由一苦楚引起，也可能源於一種融洽投契：因為互相愛慕，我們可以同時去死：或遁入太虛的開放性死亡 ②，或同穴而葬的封閉性死亡 ③。

身心沉浸是一種麻木。若有所悟，不覺之中便暈眩過去，但並不會昏死 ④。身心沉浸的妙處全在這裡：我可以隨心所

魯斯布魯克

欲，（死的）舉動全由我決定：我信得過自己，我將自己託付（給了誰？上帝，大自然，或是隨便什麼，除了對方）。

3.無容身之地

因此說，我之所以在那些情形下會身心沉浸，是因為無論何方——甚至包括冥界——都沒有我的容身之地。我深深眷戀、藉以生存的對方的形象已不復存在；有時會因怨天尤人而永久地抹去那個情影，有時又因極度的幸福而與那音容笑貌神交；不管怎樣悲歡離合，我總是丟了魂；眼前既沒有你，也沒有我，也沒有死神，沒有一樣可以應答的東西。
　　　　　　　　　　　　　．．．．

（真是怪事，恰恰是戀人的奇思異想走到極端時——為了驅散對方的情影，或為了與對方融為一體，竟連自己也虛化

了──想像的源泉才會枯竭：在神思恍惚的那一刻裡，我這個戀人只是徒有虛名，無所用心：像子虛烏有一般。）

4.曲解死亡

愛上了死亡？要說「有點愛上悄然的死亡」（濟慈語）──免受瀕死痛苦的死亡──也太過火了一些。由此，我又陷入遐思：最好體內什麼地方能緩緩地流出血來，用不了多久我便會感到衰竭，又要恰到好處，這樣便可以減輕我內心痛苦而又用不著去死。我不覺之中曲解了死亡（就像彎彎曲曲的鑰匙一樣），我想像死亡就在一邊。這一奇思完全出於不假思索的邏輯。我讓生與死相互對峙，由此，我便游離於聯結生與死的不可避免的兩極之外。

5.身心沉浸的功能

難道身心沉浸僅僅就是一種輕而易舉的遁形虛化嗎？在我看來，身心沉浸並不是一種將息，而是一種情感⑤。我閃爍其辭是為了掩蓋我的愁容；我恍惚暈眩是為了逃避那迫使我獨當一面的重負和窒息感：能夠脫身了，真讓人暢快。

沙特

傍晚，謝赫西─米堤大街。一陣難堪之後，X以沉穩的嗓音，一板一眼、毫不含糊地說，他常常想暈眩過去，他深感遭

懾的是，他竟不能隨心所欲地使自己遁形匿跡。

話中有話。他想屈服於自己的怯懦，不再抵禦這個世界的風刀雪劍；而就在這同時，他卻以另一種力量，另一種形式的肯定，取代了自己的怯懦：不管對什麼事，我都作出否定勇氣的姿態，由此，我又否定了道德標準。這從他的聲音裡可以聽得出來。

原注：
① 維特：「想著想著，我沉醉了，我屈從了，在這美麗景象的強大力量之下。」「我會看到她……。一切，是的，一切，像陷入一個深淵，在這樣的前景前消失。」
② 崔思坦：「在無盡太虛的幸福深淵中，在你聖潔的靈魂中，無盡的無盡，我投身，我沉陷，沒有意識，啊極樂！」（伊瑟之死）
③ 波特萊爾：「在一個幽玄的玫瑰紅與藍色交織成的夜晚，我們間電光一閃，如一聲嗚泣，載滿離情。」
④ 魯斯布魯克：「……深淵中的安寧。」
⑤ 沙特在《論情感》（Esquisse d'une théorie des émotions）中有關於以遁形和發怒來擺脫現實的論述。

相思

相思。情人的離別 —— 不管是什麼原因，也不管多長時間 —— 都會引出一段絮語，常常將這一分離的時刻視爲受遺棄的嚴峻關頭。

1.遠方的情人

維特

　　許多小調、樂曲、歌謠都是詠歎情人的遠離。而在維特的生活中卻沒有這一經典性的情境。理由很簡單：愛戀對象（夏洛蒂）並沒有遠離他鄉；偶爾離開的是戀人自己——維特。而遠離是就對方而言的，對方離開了，我留下了。對方永遠不在身邊，處在流離的過程中；從根本上說，對方始終漂泊不定，難以捉摸；我——熱戀中的我——又註定了得守株待兔，不能動彈，被釘在原處，充滿期冀，又忐忑不安——像火車站某個被人遺忘在角落裡的包裹。思念遠離的情人是單向的，總是通過待在原地的那一方顯示出來，而不是離開的那一方；無時不在的我只有通過與總是不在的你的對峙才顯出意義。由此看來，思念遠方的情人從根本上就意味著戀人的位置與他情人的位置無法相互取代；這就是說：我愛對方要甚於對方愛我。

2.女性的傾訴

要追溯歷史的話，傾訴離愁別緒的是女人：女人不出門，男人外出狩獵，四處奔波；女人專一（她得等待），男子多變（他揚帆遠航，浪跡天涯）。於是，是女人釀出了思夫的情愫，並不斷添枝加葉，因為她有的是時間；她邊紡織邊淺吟低唱，紡織小曲裡透露出安詳寧靜（紡錘發出單調的嗡嗡聲）和悵然若失（聽來那麼遙遠，風塵僕僕的節奏，大海的洶湧，車行的轔轔聲）。① 由此看來，一個男子若要傾訴對遠方情人的思念便會顯示出某種女子氣：這個處於等待和痛苦中的男子奇跡般地女性化了。男子女性化的原因主要不在於他所處位置的顛倒，而在於他的戀愛。（神話和空想：人類社會起源歸功於──未來也將屬於──有女性氣的主體。）②

雨果

E.B.

3.遺忘

忍受分離有時對我來說並不十分難。這樣我就「正常」了：「大家」怎樣忍受「情人」的分離，我也怎樣忍受；我很早就習慣了與母親的分離──儘管如此，從根本上來說還是件痛苦的事（別說感到驚恐了）──所以還能對付。我像個順利斷奶的孩子；在這期間，我能從其他地方攝食，而不必再依賴母親的乳汁。

這種忍受分離的辦法便是忘卻。我時常有所不專，這是

我賴以生存的條件；要是我不能忘卻的話，那簡直要我的命。

維特

戀人若無法忘卻，有時會因記憶的魂縈夢牽身心交瘁，過度緊張，而最終死去（如維特便是）。

（在孩提時代，我無法忘卻：在那些被冷落的日子裡，母親去遠處幹活了，漫漫長夜沒有盡頭；夜幕降臨時，我會到塞夫勒─巴比靈斯的Ubis公共汽車站去等她；汽車一輛接一輛地駛過，上面總沒有她的影子。）

4.歎息

我很快從這種忘卻的麻木中醒過來。我匆匆地重構了一段記憶，一團亂麻。從我身心裡迸發出一個（經典性）字眼：歎

魯斯布魯克

息。「為眼前的實體而歎息」❶，陰陽人的兩半各自為了對方而歎息 ❷，好像各自吐出的氣息殘缺不全，試圖尋求與對方交

會飲篇

融，一個相互擁抱的意象，兩個形象在此融為一體。而令人傷感的是，在思念遠方的情人時，我是個沒有附麗的形象 ③，乾

狄德羅

枯、泛黃、萎縮。

（但不管思念對象在與不在，愛欲不都是一樣嗎？思念對象不總是不在身邊嗎？──但這不是一種苦戀；希臘文裡有兩

希臘文

個不同的字眼：Pathos，渴求望而不見的情人；Himéros，對眼前的情人更加熾烈的欲求。）④

5.把玩分離

　　我這樣不停地訴說思念之苦，實際上是個很荒唐的情境；情人不在場，所以她是談論的對象；而在我的傾訴中，她又是受話人，所以又是在場的；這個怪現象引出了一個無法成立的現在時態；我被夾在兩個時態中無所適從，既有描述談論對象的時態，又有針對受話人的時態：你已經遠離（所以我才惘然若失），你又在眼前（既然我正在對你說話）。從這裡我才悟出現在時這個最棘手的時態是怎麼一回事，這原來是焦灼不安的一種跡象。

　　分離仍沒有結束——我還得忍受。所以我得左右這個情境：將時間的錯位轉化為一種往返，從而造成節奏韻律，將語言戲劇化（分離才造成語言：小孩將線軸當成一個玩偶，拋開又拾回，摹擬母親的離開和歸來，由此形成了一個縱聚合關係❸）。對遠方情人的思念成了一種積極的活動，一樁正經事（使我其他什麼事都幹不成）；從中衍生出許多虛構情境（懷疑，怨艾，渴望，惆悵）。語言經戲劇化後，對方的死亡被推延了：據說小孩子很快會從相信他母親不在身邊轉而相信他母親已不在人世。這其間只有很小的間隙。活躍情人不在的情境便是延長這個間隔，推遲這個信念的突然轉變，以不至於很快相信對方已不在人世。

威尼考特

6.欲望和需要

受挫感以情人在眼前為具體形式（我天天看見對方，但我又不因此而滿足：戀愛對象實際上就在眼前，而就我心裡珍藏的形象而言，她又不在眼前）。去時則是以間歇作為具體形式（我答應暫時與對方分離一會，「沒有揮淚」，我估計得出這種關係的苦楚，但我能忘卻）。情人不在身邊是失卻的具體形式；我又有欲望又有需要。欲望被需要所擠壓：這便是所有戀愛情感中無法擺脫的事實。

魯斯布魯克

（「欲望無時不有，熱烈而持久；但上帝立得更高，欲望高舉的雙手永遠無法企及它所渴慕的境界。」⑤）傾訴思念之苦的絮語可視作一個文本，其中有兩個表意符號：一是欲望，高舉雙手；另一是需要，張開雙臂。❹我彷徨動搖於兩者之間，一邊是男性生殖器意象：高舉的雙臂；另一邊是稚童的意象：張開雙臂。）

7.祈求

我在一家咖啡館挑了個座位，獨自坐著；人們過來搭訕；別人圍著我，有求於我，我不禁感到有些飄飄然。但對方不在；為了使自己不致墜入俗世的麻木自得中（這是一種誘惑），我祈求對方的「真實」（只能通過感覺來感受它的存在），使我不致陷入我正在漸漸滑入的瘋狂的誘惑中去。我將

自己的流俗歸咎于對方不在身邊：我祈求對方的保護，對方的
歸來：讓對方回來吧，把我帶走，就像一個前來尋找自己孩子
的母親那樣，離開這個花花世界，離開這些虛情假意，讓對
方替我恢復情人世界的「宗教式的親密和引力」。（X曾告訴
我，愛情使他抵禦了濁世的誘惑：名流圈子，功名野心，晉升
榮遷，勾心鬥角，結黨營私，進退斡旋，名利地位，權勢榮耀
等；愛情使他仕途功敗，卻給他帶來歡樂。）

8.頭被按入水裡

S. S.

　　佛教公案：「師父將弟子頭按入水中良久，泛沫漸少；師
父遂將弟子拽起，複其元氣，曰：汝求真諦如空氣時，便知何
為真諦矣。」⑤

　　不見對方，就像我的頭被按入水裡一樣滋味；我快要溺
死了，呼吸不濟了，經過這種窒息，我才重新認識我要尋求的
「真諦」並練就了愛情中必不可缺的執著。

譯注：

❶ 語出魯斯布魯克（Jan Van Rusbrock，1293—1381），法蘭德斯神祕主義作家，著有《精神戀愛階梯的七個層次》、《精神契合的外飾》等書。

❷ 相傳古代西方有「陰陽人」，四手四腳，兩個生殖器，其他器官亦依比例加倍；體力、精力過人，欲圖謀向神造反。宙斯絞盡腦汁想出辦法，將「陰陽人」截成兩半。「原來人這樣截成兩半之後，這一半想念那一半，想再合攏在一起，常互相擁抱不肯放手，飯也不吃，事也不做，……就是像這樣，從很古的時代，人與人彼此相愛的情欲就種植在人心裡，它要恢復原始的整一狀態，把兩個人合成一個，醫好從前截開的傷疼。」（《會飲篇》）

❸ 縱聚合關係（Paradigm），語言學概念，指可以在一個結構中佔據某個相同位置的詞語之間的垂直關係。巴特文中的縱聚合關係表現為：

> 線軸→離開與歸來
> 母親
> 情人

線軸、母親、情人在這個句子結構中可以相互替換，三者便構成了縱聚合關係。巴特認為，這一關係的形成就構成了一個語言的模式。）

❹ 這裡的「欲望」與「需要」被擬人化，以便與魯斯布魯克的寓言手法一致。中世紀文學中的抽象觀念常被具體人格化，在外文中以大寫字母起首。

原注：

① 雨果：「女人，妳為誰哭泣？—不在的人」（《相思》，此詩作曲被佛瑞Fauré譜為曲）
② 引自友人E・B・書信。
③ 狄德羅：「將你的芳唇貼近我的，
　　　　　　這樣從我嘴裡，
　　　　　　我的靈魂進入了你的芳唇。」（《彷抒情曲》）
④ 引自戴恬Détienne《希臘人》。
⑤ 引自《魯斯布魯克文選》。
⑥ 該故事從友人S. S. 處聽得。

「真可愛」

可愛。說不清自己對愛戀對象的愛慕究竟是怎麼回事，戀人只好用了這麼個呆板的詞兒：「可愛！」

1.巴黎，秋天的早晨

「九月的一天，陽光明媚，我上街去買點東西。那天上午，巴黎真可愛……等等。」

紛紜的知覺和感受剎那間構成了一個令人頭暈目眩的印象（嚴格說來，頭暈目眩也就是看不見，說不出）：天氣，季節，光照，大街，人流，巴黎的市民，繁華的商店，所有這些都讓人觸景生情；簡單說來，一個惹人思緒，讓人欲辯已忘言的畫面（正像格雷茲 ❶ 所能描繪的那樣）①，欲望誘發的好心境。整個巴黎都置於我股掌之中，雖然我並未有意去捕捉它；我說不上是慵倦，也不能算貪婪。歷史、勞動、金錢、商品、大城市的冷酷等等，那些與巴黎的魅力不相干的現實被我整個地拋在了腦後；我眼中只剩下自己以審美欲求捕捉的對象。拉斯蒂涅站在拉雪茲神甫公墓的頂端對著巴黎吼叫：「現在咱們

狄德羅

巴爾札克

來較量一番吧」②；而我卻對巴黎說：你真可愛！

早晨醒來時，我的腦子裡還縈繞著夜晚的一個印象，被一個幸福的念頭攪得疲憊不堪：「昨天晚上，X⋯⋯真可愛。」想起了什麼？古希臘人稱之為「la charis」❷：炯炯的雙眼，光澤的肌膚，容光煥發的意中人；或許，就應了古語「charis」的意思，我還要補充這樣一個念頭──希望──情人會滿足我的願望。。

2.整體的不足

出於一種奇特的邏輯，戀人眼中的愛戀對象彷彿變成了一切（就像秋天的巴黎），同時他又覺得這一切中似乎還含有某種他說不清的東西。這就是對方在他身上造成的一種審美的幻覺 ❸：他讚頌對象的完美，並因自己選擇了完美而自豪；他想像對方也希望戀人所愛的是他／她的整體──這正如戀人所渴求的──而非某一局部；對這整體，戀人用了一個空泛的詞──因為我們在詳察整體時，整體就不可能不縮小──真可愛！這裡沒有絲毫具體的優點，只有情感熔鑄的整體。然而，「真可愛」這一讚歎在顯示整體的同時，又揭示出整體的不足之處；它想點明我迷戀的究竟是對方身上的什麼東西，但這些東西恰恰又是不可捉摸的；我好像始終蒙在鼓裡；我的語言磕磕絆絆，憋了半天，最終也只是擠出了一個空泛的字眼，好像對方身上確有能喚起我戀慕之心的地方，但卻無跡可尋。

3.欲望的特殊性

我一生中遇到過成千上萬個身體，並對其中的數百個產生欲望；但我真正愛上的只有一個。這一個向我點明了我自身欲望的特殊性。這一選擇，嚴格到只能保留唯一（非他／她不可），似乎構成了分析移情和戀愛移情之間的區別；前者具有普遍性，後者具有特殊性 ③。要在成千上萬個形象中發現我所喜愛的形象，就必須具備許多偶然因素，許多令人驚歎的巧合（也許還要加上許多的追求、尋覓）④。這真是一個奇特的謎，我百思不得其解：為什麼我愛慕這一個？為什麼我苦苦地思念他／她？我渴求的是整體（倩影，形態，神態）？或僅僅是某一局部？倘若是後一種，那麼在我所愛的愛戀對象身上，又是什麼東西最令人心醉？是什麼不起眼的小東西（也許小到難以置信），或是什麼微不足道的小事？是斷了一片指甲，崩了一顆牙，還是掉了一縷頭髮？再不就是抽菸或閒聊時手指叉開的動作？對這種種細微末節，我憋不住想說：這多可愛！可愛的意思就是：這是我喜愛的，也就是唯一的：「沒錯，這正是我喜歡的」。然而，我愈是感覺到自身欲望的特殊性，我愈沒法表達清楚；目標的精確與名稱的飄忽相對應；欲望的特殊只能引起表述的模糊。語言上的這一失敗只留下了一個痕跡：「可愛」（「可愛」的最恰切的翻譯應該是拉丁文的l'ipse：是他，確實就是他）。

拉岡

普魯斯特

4.同義反覆

　　「可愛」是精疲力盡之後留下的無可奈何的痕跡，一種語言的疲乏。我斟字酌句，搜索枯腸，也無法恰如其分地形容我所愛的形象，無法確切表達我的愛欲，到頭來，我不得不甘認——並使用——同義反覆：這可愛的東西真可愛，或者，我愛你，因為你可愛，我愛你因為我愛你。迷戀的情愫構成了情話，但又籤死了情話。要形容迷戀，總不外乎這樣的表述：「我給迷住了。」到了語言的盡頭不得不重複最後一個詞——就像唱片放完之後老是重複同一個音一樣——的時候，這種語言上的肯定讓我陶醉：雄辯宏論的精彩煞尾，市井穢語的低俗，以及振聾發聵的尼采式的「是」⑤等種種價值觀在此彙聚共存，而同義反覆不正是呈現了這一奇特的狀態嗎？

尼采

譯注：
❶ 格雷茲（Jean Baptiste Greuze，1725－1805），法國畫家，作品多帶有勸喻意味。
❷ 希臘文charis，其相對應的法語詞為grâce，兼有優美、神賜之意。
❸ 此處的「他」即對方（對方一詞在原文中為l'autre，原指相對於主體或自我的別的東西或他人）；由於本書中的戀人通常是指正在戀愛的主體，並不強調其性別，因此，自然也不強調對方的性別。正如戀人可以是男的，也可以是女的一樣，對方也同樣可男可女。原文中一般用中性的人稱代詞表示這一概念，翻譯時也就避繁就簡，遇到類似情況，不用「他／她」，而用「他」。下文不再一一注出。

原注：
① 狄德羅（Diderot）：關於「含義深刻」的理論（萊辛，狄德羅），《狄德羅全集》第三卷，第542頁。
② 巴爾札克（Balzac）：《高老頭》。
③ 拉岡：「人們並不是每天都能遇見符合自己欲望的形象的。」《討論集》（le Séminaires）第1卷。
④ 普魯斯特（Marcel Proust）：表現欲望的特殊性之一幕：查理和朱皮安在蓋爾芒特府邸的庭院邂逅。詳見《追憶逝水年華》第4卷《索多姆與高莫爾》的開頭部分。
⑤ 指尼采肯定人生的思想觀點。

執著

肯定。戀人力排眾議，執意肯定愛情的價值。

1.愛情的示威

　　儘管我的戀愛經歷並不順利，儘管它給我帶來痛苦、憂慮和絕望，儘管我想早點脫身，可我內心裡對愛情的價值卻一直深信不疑。人們通過各種方式和途徑企圖沖淡、扼制、抹煞——簡單說吧——貶低愛情，這些我都聽進了，但我仍然不肯甘休：「我明白，我都明白，但我還是要……」在我看來，對愛情的貶低只不過是一種蒙昧主義觀念，一種貪圖實惠的鬧劇。對此，我要針鋒相對地標舉實在的價值，充分肯定了愛情中那些有價值的東西，愛情中所謂「行不通」的因素也就算不了什麼了。這種執著便是愛情的示威，在人們七嘴八舌地大談別出心裁的愛情、更加巧妙的愛情和不動感情的愛情的種種「奧妙」的嘈雜聲中，可以聽到一個更加持久的執著的聲音：這便是執著的戀人的聲音。

　　這個世界總是把什麼事都歸結為一種非此即彼的選擇，要

麼是成功，要麼是失敗，要麼是贏，要麼是輸。我偏偏不信這一套，我有我的邏輯；我既歡樂又悲傷①，同時並舉，儘管兩者相互悖逆；「成功」或是「失敗」對於我都是純屬偶然或暫時的事（既不會減輕我一分痛苦，也不會增加我一分歡樂）；我所幹的事也並沒有經過什麼精心籌畫，我接受或肯定什麼，完全超出了真假成敗的層次；我不搞一錘定音，我處世態度是隨遇而安（比方說，我在說這番話時，聽任種種意象油然而生，就像擲了許多次骰子一樣，該怎麼樣就怎麼樣）。我在戀愛過程中受了挫（事實正是如此），最終我既不是征服者，也不是

被征服者：只是一個悲劇性人物罷了②。

（有人說，這種愛情不可靠。可是如何評量可靠性？為什麼可靠的就是好的，為什麼持續比燃燒要好？）

2.想像的力量與快樂

今天上午，我本來應該抓緊寫一封「急」信——有件要緊事的成敗與否就取決於這封信了——但我卻寫了一封情書，並沒有寄出去。我心甘情願地撇開了濁世強加給我的種種瑣事、規矩和違心的舉止，為了做一件不帶功利色彩的事，履行一個光彩的職責：戀人的職責。這類事雖不合情理，可我卻小心翼翼，不敢怠慢。愛情展示了我的潛能。我做的一切都有一定意義（所以我才能活著而又不唉聲歎氣）。而這意義又是捉摸不定的，它就是我力量的意義。我日常生活中消極的一面，痛

苦、負疚、憂鬱等情緒的起伏變化都被翻了個個。與阿爾貝特

的陳詞濫調相比，維特覺得自己將情愫積壓在胸中倒也不是件壞事 ③。我是受文學薰陶長大的，一開口就難免借助那套陳舊的框框，但我有自己獨特的力量，篤信我自己的世界觀。

3.力量並不在闡釋者

J.-L. B.

在信奉基督教的西方，至今仍有一個規矩，即「闡釋者」是力量源泉的中轉 ❸（用尼采的話來說，就是猶太教的大祭司）④。但愛情的力量卻無法中轉，不能經過闡釋者傳達；它原封不動，始終凝聚在原有的語言層次上，像著了魔似的執著堅定。這裡的主角不是牧師，而是戀人。

4.讓我們重新開始

對愛情有兩次肯定。先是有情人遇上了意中人，於是便立即作出肯定（心理狀態表現為癡迷，激動，亢奮，對美滿前景遐想瞻望）：對一切都報以肯定（一種盲目舉動）。接著便是一段隧道裡的暗中摸索：最初的肯定不斷地被疑慮所齧咬，對對方的挑剔不斷地危及愛情的價值。這段時間內，情緒低落，滿腹怨艾，衣帶漸寬。但我肯定能從這個隧道裡鑽出來；我能「挺過來」，也不會因此而告吹。當初我是怎樣肯定的，我再次給予肯定。但又不是反覆，因為我現在所肯定的就是當初的

尼采

肯定本身，而不是什麼一成不變的東西，我充分肯定我倆的初

遇 ⑤。但又有所區別。我期冀的是舊情的複歸，而不是反覆，

我對對方（不管是過去還是現在的情侶）說：讓我們重新開始

吧！

譯注：

❶ 佩里亞斯（Pelléas），比利時劇作家、詩人梅特林克（Maeterlinck）的神話劇《佩里
亞斯和梅莉桑達》（1892）中的人物。

❷ 謝林（Schelling，1775-1854），德國唯心主義哲學家。

❸ 在西方文化傳統中，尤其是天主教傳統中，上帝（力量的源泉）的意志是通過神父
來闡述傳達的。

原注：

① 佩里亞斯：「你怎麼了？我覺得你不快樂。」─「快樂，我快樂；但我也憂傷。」

② 謝林：「悲劇的要義在於⋯⋯主體的自由和客觀需要之間存在衝突，這衝突的結
果，不是其中一人敗下陣來，而是兩個人都同時是征服者，也是被征服者，因而顯
得全然無意義。」

③ 維特：「啊，親愛的，如果投注全部心力是力量的表現，為什麼極度的投注會是軟
弱？」

④ 與 J.-L.B.的談話。

⑤ 尼采：引自德勒茲（有關肯定的肯定）。

鼻子上的疵點

變形。戀愛中，愛戀對象的形象忽然改變。由於戀人自己某種微妙的心理變態或者對象外部特徵的改變，他發現對方的美好形象頃刻間遭到了破壞乃至完全走了樣。

1.腐爛變質的痕跡

魯斯布魯克

杜思妥也夫斯基

魯斯布魯克安葬入土已有5年了，人們又將他重新掘出，屍身保存完好（當然啦，否則就難以成書了），但是：「他的鼻子上有一個淡淡的斑痕，這是腐爛變質的痕跡。」[1] 在對方完美光潔的臉上，我忽然發現了一個疵點，儘管它也許微不足道（一個姿勢，一個詞兒，一樣小玩意兒或是一件衣服），可某種異樣的感覺卻剎那間在我從未意識到的某個角落冒出來，旋即將我愛慕的對象投入一個平庸的世界。難道對方真的那麼庸俗嗎？可我曾經那麼虔誠地吹捧他的風度和個性，那跟眼前他的舉止所暴露出來的完全是兩碼事，簡直判若兩人。我愕然了：我聽到了一個錯位的板眼，就像愛戀對象娓娓道來的甜言蜜語中插入了一個切分音，彷彿聽到了覆蓋在偶像上的光滑帷幕的撕裂聲。

（就好像耶穌會會士基赫歐〔Kircher〕筆下的母雞被輕輕一拍喚醒過來一樣 ❶，我一下子感到了痛苦的幻滅。）

2.看見對方俯首就範

似乎可以這麼說，在我為對方感到羞恥時，理想形象也開始扭曲變形（用斐德若〔Phèdre〕的話說，古希臘的情人正是因為懼怕這種羞恥才循規蹈矩，人人都在對方目光的督促下審度自己的形象）❷。羞恥源於屈從：對方因為一件不起眼的小事（逃不出我敏感的、神經質的注視），忽然顯了形——用攝影術語來說就是顯影成相——好像俯首就範於一個什麼壓力，而這壓力本身也屬於依附的範疇。我忽然發現（多半是因為幻覺的緣故）他一下子忙碌起來，瘋瘋癲癲，或乾脆拚命討好，俯首貼耳，向世俗勢力摧眉折腰以求賞識。糟糕的形象並非指兇狠的形象，而是指平庸的形象：它向我展示對方已被社會的平庸所征服了 ②。（也就是說，一旦對方流於俗套，不再把愛情當一回事，那麼對方也就變了形：他已失去了個性。）

班克

海涅 ❸

3.「騷狐狸」

有一次，對方在談到我倆的關係時說：「關係密切。」這

個詞，我聽來覺得刺耳：多見外！這就一筆勾銷了我們之間關係的特殊性，將它納入了俗套。

更為經常的是，對方常常由於語言的緣故而破壞了自己的形象；他吐出一個怪詞，而我聽到的則是一個完全陌生的世界，那咄咄逼人的喧囂，那是對方的世界。阿爾貝蒂娜無意中吐出一個粗俗的詞「送上門的騷狐狸」，普魯斯特，小說的敘述者聽來覺得噁心：只此一字，醜相畢露，一個原來對小說敘述者來說是封閉著的、可怕的世界一下子披露了出來：女人的同性戀，粗俗的打情罵俏 ③。透過語言的契機這個鎖孔可以一下子窺出全貌。詞語在此就像一種催化劑，引起最劇烈的破壞，對方長期被禁錮在由我的言語織成的繭縛之中，但從他偶然脫口而出的一個詞兒，就可看出他能借用好幾種言語，也可以說別人借給他好幾種言語。

普魯斯特

4.對方的著魔

還有些時候，我感到對方為某種欲念所左右。但是在他身上造成痕跡的，在我看來並非哪一個實實在在、有名有形，並有具體目標的欲念 —— 倘若真是那樣的話，我就乾脆吃醋得了（那又當別論）；我覺察到那只是一種朦朧的欲念，一種衝動，他自己並未意識到：我發現，他談話時興奮異常，借題發揮，甚至做得還要過火，擺出向第三者求愛的架式，彷彿竭力在勾引第三者。好好注意一下這樣的場合：你會看到這個人

給對方迷住了（這一切都在不知不覺中進行，並不超出社交禮儀的習慣），鬼使神差般在兩人之間建立起一種更大膽、更熱烈、更殷勤的關係；我忽然發現了對方的自我膨脹。我看到了人的**瘋狂**，近似薩德所謂的頭腦發熱（「我看見他兩眼射出情欲的烈火」❹），而且只要調情者的對象以同樣的方式作出呼應，那場面就會變得更滑稽。我的眼前出現了這樣的幻覺：一對正在開屏求偶的孔雀④。形象一下子被破壞了，因為我忽然看見了一個**不相干**的人（不再是對方），一個陌生的局外人（一個瘋子？）。

〔就像紀德在比斯克拉的火車上為三個阿爾及利亞小學生的遊戲所吸引，顧不得他夫人的在場（正裝作讀報），「弄得氣喘吁吁，活像個罪犯或瘋子」⑤；所有他人的欲念不都有點**瘋狂**嗎？〕

福樓拜

紀德 ❺

5.「可憐的小丫頭」

一般說來，戀人的表述是附在形象上的光潔套子，是罩在愛戀對象身上的柔紗，這是一種虔誠正經的表述。當形象遭到破壞時，虔誠的套子便被撕裂；一陣震顫改變了我的言語。在夏洛蒂和同伴們聊天時，維特由於偶然聽到的一句不順耳的話，便覺得夏洛蒂活像個長舌婦，並將她歸入她的同伴們一夥，不無鄙夷地稱之為「**可憐的小丫頭**」⑥。一個褻瀆的詞一下子冒到嘴邊，毫不留情地粉碎了戀人的美意；就彷彿魔鬼附了

維特

體，是妖魔在通過他的嘴說話——就像神話故事說的那樣——從他嘴裡吐出的不再是鮮花，而是癩蛤蟆。形象可怕地逆轉。

（對形象被破壞的恐懼要遠勝於因可能失去愛而引起的焦慮。）

譯注：
❶ 詳見本書「搶劫／陶醉」篇的第二部分。
❷ 柏拉圖《會飲篇》中斐德若的觀點（詳見朱光潛所譯《柏拉圖文藝對話集》）。
❸ 海涅（Heinrich Heine，1797—1856），德國浪漫詩人。他的許多詩歌曾被舒伯特和舒曼等著名音樂家譜成藝術歌曲。
❹ 薩德（Donatien Alphonse Francois, Marquis de Sade，1740—1814），法國作家，他筆下的人物多為性虐待狂（西語中的性虐待狂「sadisme」一詞即由此而來），他本人也因此以「有傷風化罪」被投入巴士底獄；他的作品在法國曾長期被列為禁書，直到現當代才逐漸為一部分文人、評論家所重視，認為他的作品「展現了一個自由的人對上帝及其社會的反抗」，巴特也曾撰文研究其作品；此處原文直譯應為：「頭腦發熱猶如開了鍋，從眼睛裡射出精液」。
❺ 紀德為法國現代大作家，一生發表過二三十部重要作品；這裡提到的是他的一部自傳性作品（發表於1938年，正是他夫人逝世的那一年）；紀德是個同性戀者，常將阿拉伯的美少年買來廝混，這裡引用的插曲正是指他的調情場面，他一方面為同性戀的欲望所驅使，弄得「像個瘋子」，另一方面又因他夫人的在場而感到自己「像個罪犯」，正幹著見不得人的事情。

原注：
① 杜思妥也夫斯基（Dostoivski）：佐西姆的死，死屍的腐臭（《卡拉馬佐夫兄弟》第3卷，第七章）。
② 海磊詩：「坐在茶几邊喝茶……」《抒情間奏曲》。
③ 普魯斯特《女囚》第三部，第337頁。
④ 福樓拜（Flaubert）：「一陣疾風吹起了簾子，他倆看見一對孔雀；雌的呆立不動，兩腿彎曲，屁股朝天；雄的圍著她繞圈子，挺胸，開屏，發出咕咕的叫聲，然後撲喇喇跳了上去，羽毛鋪開像個搖籃，將雌的罩得嚴嚴實實，接著兩隻大鳥便發出一陣顫慄。」《布法和貝居榭》。
⑤ 紀德（Andre Gide，1869—1951）：《現在該你自省了》（Et nunc manet in te）。
⑥ 係指《少年維特的煩惱》。

焦灼

焦灼。戀人感到前途未卜,生怕遇到不測風雲,擔心自己被傷害,被遺棄,害怕有什麼變化 —— 他用焦灼一詞來表達這一情感。

1.焦灼就像毒藥一般

今晚,我獨自回到旅館,那一位準備晚一點回來。心中便有了焦灼,就像毒藥已經準備好了似的(嫉妒,被拋棄感,坐立不安);胸中的焦灼在積蓄等待,只消一會兒工夫,便會以合適的方式外露出來。我「鎮靜地」揀起一本書,服了一粒催眠藥片。偌大的旅館,寂靜中透出回籟,冷漠而又呆板(什麼地方的浴缸在排水,發出咕嚕聲,聽起來那麼遙遠);房間裡的陳設和燈光都那麼死板板的,沒有一點點人情味可讓人溫暖一點(「我冷,咱們回巴黎去吧」)。愈加焦灼起來;我注意到了這個心理變化,就像蘇格拉底在喋喋不休時(我正在讀),覺得毒藥開始在體內發作起來;我聽得見它漸漸湧上來,像是帶著一副漠視一切的神情,與周圍的一切相呼應。

(如果為了讓這什麼過去,我在心裡許個願?)

2.原生焦灼

威尼考特

　　精神病患者生活在恐慌中，生怕自己徹底崩潰（形形色色的精神病徵只不過是對這一崩潰的自我保護）。但「從臨床角度來說，對崩潰的恐懼實際是對已經體驗過的崩潰的恐懼（原生焦灼）……所以有時需要讓病人知道對崩潰的恐懼正在毀掉他的生活，而他擔心的崩潰已經發生過了」[1]。戀人的焦灼似乎也是一回事：害怕將要經受的悲哀，而悲哀已經發生了。從戀愛一開始，從我第一次被愛情「陶醉」起，悲哀就沒有中止過。最好有人能告訴我：「別再焦灼不安了——你已經失去他／她了。」

原注：
[1] 出自威尼考特（Winnicott），《崩潰的恐懼》。

追求愛情

勾銷。在語言的突變過程中，戀人終於因為對愛情的專注而抹去了他的愛戀對象：通過一種純粹愛的變態，戀人愛上的是愛情，而非愛戀對象。

1.兩隻鴿子

維特

　　夏洛蒂實在是平淡無味，她是維特導演的富有個性、有聲有色並且催人淚下的一幕戲中一個微不足道的人物；由於戀人的美好意願，這個平庸的對象被置於舞臺中心，受到讚美、恭維，夕，被花言巧語（也許還有詛咒）包裹得嚴嚴實實；就像一隻肥母鴿，呆頭呆腦，毛茸茸縮成一團，旁邊是一隻興奮得有點發狂的雄鴿圍著它轉個不停。

　　只要我在一閃念間感到對方有如一個毫無生氣的物體，就像一個標本，我的愛戀對象也就被勾銷了，對他的欲望也隨之回復到我的欲望本身；我渴求的是自己的欲望，而愛戀對象不過是它的附屬品而已。一想到如此了不起的事業，我就興奮無比，而原先為此臆造出來的人物則被遠遠地拋在了腦後（至少我是這麼想的，我很高興能貶低對方而抬高自己）：為了想

像，我犧牲了形象。假如有一天我得下決心放棄對象，那讓我感到特別難受的是想像的喪失，而不是其他東西。那曾經是一個多麼珍貴的結構，我傷心的是愛情的失落，而不是他或她。

紀德

（我想回去，就像波特耶的囚禁者回到她的馬倫匹亞深處。）❶

2.獲益與損害

於是對方就被愛情勾銷了，而我則從這勾銷中獲益；一旦受到什麼意外傷害的威脅（比如我產生了妒意），我就用愛情的抽象和高尚去化掉它：對方被虛化了，自然也就不再對我構成傷害，我對他的欲求也就不會使我騷動不安了。可是，一轉眼，看見（我所愛的）對方就這樣被貶斥、被擠出（他在我心中燃起的）愛情，我又感到痛苦。我產生了負罪感，譴責自己不該遺棄他。於是我又改了主意：竭力否定這一勾銷，迫使自己再次陷入痛苦。

考特吉亞

譯注：
❶ 指紀德作品《波特耶的囚禁者》（La Sequestrée de Poitiers, 1930）中有戀幽閉症的女主角。

可憐相

苦行。戀人對自己情人感到負疚時，或者想試圖讓對方看到自己受的罪時，總要（通過生活方式或服飾等）擺出一副自我懲罰的苦行相。

1.懲罰自己

　　既然我這又不是，那又不對（我能為自己列數出成千上萬的理由），我該懲罰一下自己，我得受點洋罪：剃個短髮，戴上墨鏡（戴面紗的一種方式），鑽研一些嚴謹高深的學問。我要起個大早，外面天還沒有亮就開始工作，像個僧侶。我得耐住性子，愁眉苦臉。總之，得不苟言笑，這才像一個悶悶不樂的人。我要通過衣著打扮、髮式和起居習慣神經質地顯出一副苦相（完全是自討的）。這不失為一種自如的避退；又恰到好處地顯出可憐相的楚楚動人之處。

2.訛詐

可憐相（做苦相的潛在動機）是做給對方看的：轉過身來，瞧瞧我，給你折騰成什麼樣了？這是在訛詐，我讓對方看到隱退的形象；真的會有這麼一回事，如果對方不肯讓步的話（讓什麼步呢）？

無類

無類。在戀人看來，他的愛戀對象似乎是「無類」〔這是蘇格拉底的辯論對手形容他的詞兒〕，即無法歸類的，時刻顯示出自己的獨特性。

1.無法歸類的

蘇格拉底的「不倫不類」應與愛神（蘇是亞爾西巴德 **❶** 獻

尼采

殷勤、追求的對象）以及電鱝（因他善鼓動、蠱惑聽眾）緊密相聯 **❷**。我愛慕的、迷戀的對方就是無法歸類的。我沒法將他界定，恰恰因為他是唯一的，是一個奇特的形象，這形象能神奇地與我的欲望的特殊相呼應。這是體現我自身真實性的情境；我的欲望沒法固定在任何一種類型中（這種種類型都只能代表他人的真實）。①

然而，我曾經愛過好幾回，並且還要愛上幾次。這就是說，不管我的欲望有多奇特，它終究要與某一類型緊密聯繫？那麼我的欲望是可以歸類的了？在所有我愛過的人身上，有沒有一個共同的、哪怕是微不足道的特徵（鼻子、皮膚、神態），以便我得出結論：那就是我（喜愛）的類型！「這的的

確確就是我的類型」，「這根本不是我的類型」，真是尋花問柳的老手用的詞兒，可戀人不就是個愛挑剔的「尋花問柳」者，一輩子都在尋覓「他的類型」嗎？對方身上究竟哪一處能反映我的真實？

2.純眞

在什麼情況下我才突然窺見對方的「無類」？那是每當我在他臉上看到他的純真、他的絕對的純真時，他壓根不知道自己給我造成了多大的痛苦——或者說得輕淡點——給我帶來了多少苦惱。純真的人不就是無法歸類的嗎（從而也就被社會看作是靠不住的，只能被歸於謬誤、疏忽）？

X……很有性格特點，根據他的特點將他歸類並不難（他「很冒失」，「很精明」，「懶惰」，等等），可我偶爾發現他的眼神裡有時竟流露出這樣的純真（沒別的詞形容），以致我無論如何都得在一定程度上將現在的他與原先的他區別開來，與他的本性區別開來。在這種時候，我對他不作任何評論。純真就是純真，無類是無法訴諸描繪、定義和言語的，因為言語就是瑪雅，就是詞（謬誤）的分類 ❸。由於對方是無法歸類的，他也就動搖了語言：人們沒法談論他（對方），任何修飾語用在他身上都顯得虛假，不貼切，不合適，或讓人討厭：對方是無法研究的（這或許是「無類」的真正含義）。

3.獨特的關係

面對對方引人注目的個性，我卻從未感到自己有什麼超凡之處，或者說，我只覺得自己是屬於被歸類的那號人（就好比很熟悉的歸檔文件）②。可有時候，我也會暫時中止在形象上與對方論高低；我悟出了這樣一個道理：要說真正的獨特性，它既不體現在對方身上，也不體現在我身上，而在於我們之間的關係。應該把握的是關係的獨特性。我的大半創傷都因俗套造成，我不得不像大家一樣把自己弄成個戀人：妒忌，感覺被遺棄，感到受挫，跟別人沒什麼兩樣。可一旦碰到獨特的關係時，俗套就動搖了，它被超越，被瓦解，而諸如妒忌什麼在這沒法界定，說不清道不明──無法陳述──的關係中也就無從立足了。

R. H.

譯注：

❶ 亞爾西巴德，蘇格拉底的學生，後成為雅典的執政官。在柏拉圖所著的《會飲篇》中，亞講述自己如何鍾情於蘇格拉底並追求他的經歷（在古希臘，男子同性戀是常見的現象）。詳見朱光潛翻譯的《柏拉圖文藝對話集（會飲篇）》。

❷ 電鱝，一種能釋放電流擊昏其獵物的魚。此處喻指蘇格拉底的才智對他人的強烈的感染力。

❸ 似指瑪雅文字，即瑪雅人（美洲印第安人的一支）的古文字，從西元初期一直使用到16世紀西班牙人入侵；自那以後，瑪雅文書被大肆焚毀。到17世紀便無人能識。近年來經科學家考釋讀解，發現瑪雅文字也是表意兼表音的文字。

原注：

① 尼采：見蓋安（Michel Guérin）著《尼采，英雄的蘇格拉底》中有關蘇格拉底「不倫不類」的說法。

② 與R. H.的談話。

等待

等待〔等約會，信箋，電話，歸來〕。情人不經意的拖延，卻引起了這邊的搔首踟躕。

1.《等待》

我在等待一次來臨，一個回歸，一個曾允諾的信號。這也許是徒勞無益，或極其可悲：Erwartung（荀柏格的《等待》）中，一個女子在深夜幽林中翹首等待著她的情人；我只不過是在等一個電話，卻也一樣焦灼。世上的事都那麼一本正經：我是掂不出輕重的。

荀柏格

2.排戲

等待也有個舞臺情境，由我一手調度安排。先劃出一段時間作苦戀狀，再顯出相形之下不再重要的種種苦楚淒戚。簡直就是一齣戲。

場景：某咖啡館；我們有個約會，我在等待著。序幕出場的是這齣戲的唯一演員（一個勤於思辨的人），我覺察出並表明對方遲遲未見。對方的延宕這時還僅僅是一個數字上的、可計數的實體（我三番五次地看表）；序幕結束，我浮想聯翩：我準備「豁出去了」。等待的焦慮一股腦兒給傾瀉了出來。第一幕便由此開始；充滿假設，是不是時間、地點搞錯了？我竭力回想當初約會是怎樣敲定的，又交代了哪些細節。怎麼辦呢（焦灼狀）？去另一家咖啡館瞧瞧？打個電話？我不在時對方來了怎麼辦？對方看我不在會立即離去的，等等。第二幕是發火；我對不見人影的對方大發雷霆：「不管怎樣，他（她）也該……」「他（她）又不是不知道……」嗨，她（他）要在這兒的話，我就可以喝斥她（他）為何不來這兒！❶第三幕裡，我進入了（抑或是我獲得了？）不折不扣的焦慮狀態：擔

威尼考特

心自己被甩了；一秒鐘內便將對方的不見蹤影解釋為對方的死亡；對方像死了一樣——一陣悲哀襲來——我心如死灰①。戲就是這樣；對方的到來自然會使演出大大縮短；如果對方在第一幕來，心平氣和地問候；如果在第二幕來，要有一點「風

佩里亞斯

波」；要是在第三幕來，只好是寬容和認可；我深深地吸了一口氣，像佩里亞斯剛從地窖裡冒出來，重新發現生活和薔薇花香。

　　（等待的焦慮並不都是那麼強烈；也有憂鬱的時候；在我等待時，周圍的一切都蒙上了一層虛幻色彩——我打量著其他來這家咖啡館的人，他們或談笑風生，或靜靜看書——他們不是在等待。）

3.電話

　　等待真是件不可思議的事——我竟然鬼使神差般地不敢動彈。等電話便是意味著編織束縛自己的羅網，此恨綿綿，個中苦衷難以言傳——我禁止自己離開房間，不讓自己去上廁所，甚至不敢去碰電話（以免占線）；倘若別人打電話給我（出於同樣考慮），我也會如坐針氈；只要一想到我也許就要在（不一會的）某一刻裡不得不離開一下，由此便會錯過那令人欣慰的電話或失迎大駕光臨，我幾乎要發瘋了。這些擾人的紛雜思緒便佔據了白白等待的分分秒秒，成了充塞焦慮心頭的雜念。因為若使焦急等待專一的話，我得呆坐在伸手可及電話機的地方，什麼事也不幹。

4.幻覺

威尼考特

　　我在等待的那個生命實體並不真實。像給嬰兒哺乳的乳房，「我不斷創造，再生奶汁，出於我愛的潛能，源於我的需要」②——等對方來到我等待的地方時，其實我這裡早就創造了他／她。對方若不來，我照樣會憑臆想構造他／她——等待是一種狂想。

　　電話鈴又響了——每次響，我都急不可耐地抓過聽筒，一心以為這准是我心愛的人打來的（因為那人應該給我打電話）；再稍費些勁，我便「辨認」出了對方的聲音，我湊著聽

筒說開了，激昂處，我狂怒地呵斥那個冒失的外人為何將我從狂想神思中驚醒過來。光顧這家咖啡館的人，不管是誰，只要與我戀人有那麼一點點相似，我首先的本能衝動便是辨識。

熱戀平復很久以後，我依然保持著通過譫妄奇想來神交我情人的習慣——有時為了一個遲來的電話，我依舊會焦急萬分，而且不管打電話的是誰，我臆想自己已辨別出舊日情人的聲音——我是個被截肢的人，依然能感到失去腿的痛苦。

5.他／她在等待

「我在戀愛著？——是的，因為我在等待著。」而對方從不等待。有時我想進入那個一無所待的角色；我讓自己圍著別的什麼事忙碌，我故意遲到；但在這種遊戲裡，我總輸，不管幹什麼，我還在老地方，什麼事也沒幹，十分準時，甚至提前。戀人註定的角色便是：我是等待的一方。

（人總是在等待，處於一種移情狀態之中——在醫院裡，教授家，精神分析診所，無不是如此。而要讓我在銀行的櫃檯視窗，飛機場的檢票處等著，我便會立即與出納員、機場服務員形成敵對關係。他們的冷漠會使我急不可耐，大為不快；因此，可以這麼說，哪兒有等待，哪兒就有移情。我依賴並介入另一個存在，而這個存在的實現又需要時間——整個過程像是在克制自我欲望，銷蝕我的需求。讓人等著——這是超於世間所有權力之上的永恆權威，是「人類古老的消遣方式」。）③

E. B.

6.風流名士和名妓

　　某風流名士迷上了一個名妓，而她卻對他說：「只要你在我的花園裡坐在我窗下的一張凳子上等我一百個通宵，我便屬於你了。」到了第九十九個夜晚，那位雅客站了起來，挾著凳子走開了。

譯注：
❶ 這是個有趣的悖論：對方來了，「我」卻指責她（他）為何沒來。巴特的這一妙筆意在揭示處於昏急狀態中的戀人的感情邏輯。

原注：
① ② 威尼考特，《遊戲與現實》。
③ 引自E. B書簡。

墨鏡

掩蓋。一個讓人斟酌的情境：戀人舉棋不定。她並不是在猶豫是否要向她所鍾情的對象表白愛情〔這位戀人素來很含蓄〕，而是在斟酌她究竟應將自己的癡情掩蓋幾分：要暴露多少自己的情欲、痛苦，總而言之，自己極度的感情。〔用拉辛的話來說：她的「內心風暴」。〕

1.慎重考慮

塞維尼夫人

　　X君撇下我去度假了。自打他走後，杳無音信──出什麼事了？郵政局罷工了？他在冷淡我？疏遠的表示？剛恢自用的任性（「他因年輕氣盛而耳聾，聽而不聞」）？還是我的多慮？我益發焦躁起來，感受了等待的種種滋味。但X君總要回來的。他若以某種方式回來時，我該對他說些什麼呢？我該掩飾自己的痛苦──不過那時也過去了（「你好嗎？」），還是將滿腹怨屈發洩出來（「像什麼話，你至少可以……嘛？」）？或充滿柔情（「你可知道別人怎樣為你擔驚受怕？」）？還是不露聲色，讓他自己從細緻微妙處體察出我的淒切愁苦，而不是劈頭蓋臉地對他訴說一通？新的煩惱又儡住了我：我究竟應該流露出多少原先積鬱的煩惱是好呢？

2.雙重自由

　　我陷入了一個雙重自由的格局而無法自拔。一方面，我告訴自己：對方出於他自己的性格特點，也許需要我問長問短？這樣一來，我繪聲繪色地傾訴「衷腸」不也就在理了嗎？極度的感情和瘋癲不正是我的真實現狀，我的力量所在？而如果這一真實、這一力量最終真的占了上風呢？

　　而另一方面，我又告訴自己：如此表露感情的種種跡象有可能讓對方感到厭煩受不了。這樣說來，正因為我愛他，我難道不應將我熾熱的愛情瞞著對方嗎？在我眼睛裡，對方是分裂的雙重影像：時而為異體，時而又屬主體；而我則搖擺於嚴峻和奉獻之間。這樣一來，我又不能不使點手腕——如果我愛他，我得竭力替他著想；而要做到這點，我只能有損於自己——一個無法擺脫的僵局——要麼當個聖徒，要麼做個魔鬼，別無其他選擇——前者我當不了，後者我又不願意——於是，我只能閃爍其辭——只能流露出一點點感情。

3.「戴著假面前進」

　　給我的癡情罩上慎重的假面（平靜、坦然）——完全是英雄氣概——「偉人不屑於將自己感受的痛苦暴露給周圍的人」（格蘿蒂爾黛・德・沃語 ❶）；巴爾札克筆下的英雄人物之一巴茲上校憑空編造了一個情人，以此來掩飾自己對好友之

巴爾札克

妻強烈的愛慕之心。①

　　但要想完全掩飾感情是不可思議的（簡單說來，甚至包括極度的感情）：這並不是因為人的主體太脆弱，而是因為感情從根本上就是給人看的──掩飾必然要被覺察──我想讓你知道我對你瞞著什麼，這就是我必須解決的一個難以把握的悖論──我必須同時讓他知道又不讓他知道──我要讓你知道我不想流露我的感情──而這正是我要傳達給對方的資訊。Larvatus prodeo ❷：我示意著自己戴的假面步步緊逼──我替自己的激情罩上一具假面，卻又小心翼翼地（狡黠地）用手指點著假面。每一種欲求最終總要有一個觀眾──巴茲上校在彌留之際忍不住要投書給他一直默默愛著的女人──愛情的奉獻最終免不了一齣終場戲──符號跡象總是要占上風的。

笛卡兒

4.墨鏡

　　比如說吧，我曾為了連對方都沒有意識到的事情暗自啜泣過（哭泣是戀人的正常舉動），那麼這是不可能被覺察的，我戴上了墨鏡遮住哭腫的雙眼（以示否定的最好表示──模糊面容不讓別人看清）。這番舉動的動機是用心良苦的──我想維持斯多噶式的、「自我尊嚴」的道義上的優勢（我把自己當成格蘿蒂爾黛），而與此同時，我又想引出對方關切的詢問（「你這是怎麼啦？」）；我既想顯得可憐，又想顯得了不起，同時既當一個孩子，又當一個成人。於是，我便下賭注，

我便冒險——因為對這副不常用的墨鏡，對方也許壓根兒就什麼也不問；事實上，對方也許看不出任何符號跡象。

5.符號的分裂

為了巧妙地暗示我的怨艾，為了既能不說謊又能隱瞞真相，我要故意欲言又止——我要恰到好處地運用我擁有的符號跡象。語言符號的功能在於文飾，在於遮掩，在於矇騙——對於我極度的苦衷，我是決不會訴諸語言來陳述的。關於內心焦灼憂慮的程度，我沒有說過什麼，內心平息後，我便能告慰自己，別人什麼也沒有覺察。語言的力量——借助自己的語言，我什麼都能做到——甚至包括（或尤其是）什麼也不說。

憑藉自己的語言，我什麼都能做到，而憑藉我的肉體卻不行。我用語言掩蓋的東西卻由我身體流露了出來。我可以隨心所欲地捏造我要傳達的意思，但無法捏造我的聲音。不管我說什麼，對方只要憑我的聲音就能覺察到「我有些不對勁」。我說了謊（因為我閃爍其辭），但我不是在演戲。我的肉身是個倔強的孩子，我的語言是一個十分開化了的成年人……

6.「爆發」

……這樣，一連串的辯白（我的「寒暄」）卻會突然爆

發，將壓抑的情愫宣洩出來：（比如）在對方吃驚的雙眼注視下，聲淚俱下，便使我為悉心控制的語言所做的努力（和效果）化為烏有。我失聲喊道：「現在你瞭解了費德爾和她內心的風暴。」

拉辛

譯注：
❶ 格蘿蒂爾黛・德・沃（Clotilde de Vaux），左拉小說《帕斯卡博士》中帕斯卡的情婦。
❷ Larvatus prodeo——拉丁語，意爲「戴著假面前進」。

原注：
① 巴爾札克，《假情婦》（la Fausse Maîtresse）。

「各得其所」

安頓。戀人覺得他周圍所有的人都各得其所；在他看來，每一個人都好像一個實實在在的、情感的小系統，由契約關係組成，唯獨他自己被拒之門外；於是，某種混合著欲望和嘲諷的情感油然而生。

1.殘酷的遊戲

維特
D. F.維特也想安身了：「我……做她的丈夫！哦，上帝呀！我的造物主，您要是給我這樣的恩賜，我這輩子本該是多麼美滿呀……」①；維特渴求的是已歸他人的位子，它已被阿爾貝特捷足先登了②。他想進入系統（「安頓」在義大利語中稱作系統）。因為系統是一個整體，人人都能在裡頭找到自己的位子（哪怕這位子並不理想）；夫妻，情侶，三角戀人，甚至那些邊緣人 ❶（吸毒者，尋花問柳的浪子）也都逍遙自在得很：各得其所，唯我例外。

（遊戲：有一群孩子和一圈椅子；椅子的總數比孩子的總數要少一個；一位夫人在彈著鋼琴，孩子們隨著琴聲各自轉圈；琴聲一停，每個孩子都對著椅子衝過去，各搶一張坐下，

剩下的是最不靈活、最膽怯的或是最倒楣的孩子，他只好傻頭傻腦地站著，成了多餘的人：戀人。）

2.任何結構都是可棲居的

　　系統究竟有什麼可吸引我的？又是什麼東西使得我被拒之門外？一定是「田園式」愛情的「夢想」，「結合」的「夢想」；「安居樂業者」對自己的「系統」老是沒完沒了地抱怨，而結合的夢想所織就的則完全是另一種情境。我幻想著要從體系中得到的東西其實不值一提（最滑稽的是，我的幻求全無光彩可言），我期冀、渴求的東西不過是一個結構（過去，這個詞讓人聽了頭疼，它被看成是極端的抽象）。當然，並不存在什麼結構的幸福；但任何結構都是可棲居的，這也許是結構的最佳定義。我完全可以在一個並不使我感到幸福的地方安身；我可以一面不停地抱怨，一面繼續待在那兒；我所承受的這個結構，我可以拒絕它的意義，但同時又不無痛苦地忍受它的某些日常瑣事（各種習慣，一丁點兒樂趣，小小的安逸，尚能忍受的小事，暫時的壓力）；說到如何維繫這個系統（唯其如此，系統才是可棲居的），我甚至生出一種變態的趣味：柱頭隱士達尼埃爾在他的圓柱上不也生存得挺好嗎 ❷？他把柱子變成了一個結構。

　　要想安身，那就意味著從今往後一輩子都俯首聽命。作為一種支撐，結構得跟欲望分離：我所期冀的，很簡單，就是被

「供養」，就像一個高級妓女或男妓。

3.可笑的和渴求的

　　對方的結構（對方始終有他的生活結構，而我並不屬於他的結構）中總有某種可笑的東西：我發現，他孜孜於按部就班的生活：由於他滯留在那兒，我便覺得他僵化了，變成了永恆（人們也可以把永恆看成是荒謬的）。

　　每當我意外地撞見對方在他的「結構」裡，我就給迷住了：我相信自己在觀照某種本質：婚配的本質。當火車在荷蘭各大城市的上方呼嘯而過時，旅客的目光便會落到下方那些窗明几淨的房間裡，每個房間的主人都旁若無人地忙著自己的私事：這就能讓人看到一種家庭的本質；同樣，在漢堡街頭漫步時，人們透過玻璃窗可以看到那些正噴雲吐霧、等待接客的女人，這時候看見的是賣淫的本質。

　　（結構的力量：也許那就是結構本身的魅力所在。）

譯注：
❶ 指生活在社會邊緣、脫離社會的人，這個詞現在常用來指藐視或反抗中產階級社會及其價值觀念的青年，如60年代的「嬉皮」，80年代的「龐克」等。
❷ 指古代東方一些住在立柱頂端冥思的隱士；達尼埃爾（Daniel）是古代四大預言家之一（西元前7世紀）；這個以色列青年被當作戰俘擄到巴比倫，因其超凡的智慧得寵，但也由此招來僧侶巫師的妒恨，終被扔進獅子洞，然而他卻能安然無恙地度過危險。

原注：
① 見《少年維特的煩惱》。
② 引自D. F談話。

災難

災難。在劇烈的發作過程中，由於戀人感覺到戀愛境界猶如一條死胡同，一個他深陷其中不能自拔的陷阱，他寧可毀滅自己。

1.兩種絕望

萊斯比納斯小姐

有兩種絕望：抑鬱的絕望，主動的克制（「我在絕望中愛著你，就像應該愛的那樣。」）和歇斯底里似的絕望：有一天，因為某個連我自己也莫名其妙的變故，我閉門不出，號啕大哭，情緒的洶湧使我不能自已，我痛苦得直發呆；我整個身子變得僵硬，並不住地痙攣：在冷峻清醒的一閃念間，我忽然感到自己註定要毀滅。這和種種挑剔的愛情引起的那種難以覺察的，總之是文明化了的消沉相去甚遠，與失戀的頹唐也毫不相干：我並不沮喪，或許還相當強硬。這乾脆得很，就像一次災難：「我完蛋了！」

（說到原因，那從來就不是什麼正兒八經的——絕不是由於絕交的聲明；那是毫無預兆的，是因為一個叫人難受的形象造成的結果，或是因為突如其來的異性的冷落：從嬰兒期——

發現自己被母親冷落──一下子過渡到生殖期。）

2.極端環境

戀愛的災難也許近似那種人們在精神病學領域裡稱作極端環境的現象，即「病人生活其中的環境彷彿就是造就來摧毀他的」[1]；這是從發生在達叔（Dachau）集中營的真實事件中提取的一幅圖像。將一個痛苦的戀人和一個達叔集中營囚徒的境況作比較恐怕不太適宜吧？難道人類歷史最難以想像的屈辱會再現於一個無所事事的戀人那無謂的、兒戲般的、做作的、隱晦的、偶爾降臨的變故中嗎──更何況戀人又只是他自己的想像造成的犧牲品？然而，這兩種境況卻有這樣一個共同點：嚴格說來，它們都是驚恐狀態 ❶：這是無法挽回的局面：我是如此全身心地投射到對方身上，以致他一旦不存在了，我就再也無法抓回我自己，恢復自我：我徹底完蛋了[2]。

布諾爾·
貝特萊姆

字源學

F. W.

譯注：
❶ 驚恐的（panique）一詞來源於希臘神話中的牧神Pan（長著山羊的毛、腿、角），他的顯現總是突然而迅猛，引起極度的恐懼，panique一詞的含義即由此而來；此外，他在希臘神話中代表「一切」，包羅萬象，是「宇宙的生命」，因此，這個詞包含了兩個意象，巴特巧妙地運用這個詞作了一次文字遊戲（讀者在書中可以找到許多這樣的例子），將「驚恐」和「一切、生命」聯繫在一起，從而引申出「我徹底完蛋了」這樣一個結束語。

原注：
① 布諾爾·貝特萊姆（Bruno Bettelheim）：《空壘》（La Forteresse Vide）。
② 與友人F.W的談話。

快樂

箍牢。爲了減輕其不幸，戀人一心指望用一種控制方法來箍牢戀愛給他帶來的愉悅：一方面，死死把住這些愉悅，盡情享用，另一方面，則將這塊樂土之外的沉悶疆域打入一個括弧，盡數拋到腦後：心裡只有愛戀對象帶來的歡樂，卻將愛戀對象本人給「忘卻」在歡樂之外。

1.欣悅與快樂

萊布尼茲

西塞羅以及後來的萊布尼茲 ❶ 將欣悅（gaudium）和快樂（laetitia）作過對比。前者是「當心靈意識到自己能夠絕對佔有眼前或將來的幸福時所感受到的歡樂；當我們能隨時隨地任意地享受幸福時，我們也就真正擁有了這幸福」，後者是一種輕鬆的快樂，是這樣「一種狀態：快樂佔據了我們」① （但與此同時我還體驗到種種其他的感受，其中，有些感受時常是互相矛盾的）。

欣悅是我夢寐以求的：那可以終身受用。但是由於無數的困難挫折，我無法得到它，於是只好退而求其次：或許我能抓住對方給我帶來的種種輕鬆愉快的樂趣，並且不讓那些與樂趣緊挨著的焦慮來影響甚至破壞它們？也許我能對戀愛關係進行

精選？說不定我從一開始就明白天大的憂患也不能阻止我享有真正快樂的時刻（就像《大膽媽媽》裡神父解釋的那樣：「戰爭並不排斥和平」）②，而且隨後我就能不斷地忘卻那些分隔樂土的惶恐疆域？再不然，也許我能做到稀裡糊塗、執迷不悟？

布萊希特

2.愛情的厄運

這樣的計畫近乎異想天開，因為，限定想像的特徵恰恰在於它的聚合性（它的粘膠），或者說在於它的感染力：任何屬於形象的東西都不會被忘卻；記憶會攪得你精疲力竭，阻止你隨意地拋開愛情，總之讓你在戀愛中沒法冷靜，沒法合情合理、處之泰然。當然，我也完全能夠臆造出某些步驟以便箍牢我的種種樂趣（比如我跟對方難得見面，我就以伊比鳩魯 ❷（尋找樂趣）的方式來看待它，認為這是戀愛關係中的上乘；再不，就當對方已經完了，以便每次再見對方時都能感受到某種復活的快樂）；但這麼做是徒勞無益的：愛情的厄運是無法分解的；要麼忍受，要麼擺脫；治理愛情，使它變得完全合我的心意，那是不可能的（對愛情，既不宜用辨析考證，也不宜用改良主義）。

（關於箍牢樂趣的悲觀說法：我的生命是一堆廢墟，有些東西尚殘留原地，另一些則已分化瓦解了：這是破敗。）

譯注：

❶ 西塞羅（Cicero，西元前106—前43），古羅馬政治家，雄辯家，哲學家；其文
筆流暢，被譽爲拉丁文的典範；哲學上的主要貢獻在於將希臘哲學思想通俗化；
今存演說及哲學論文多篇（《論善與惡之定義》，《論神之本性》等）。萊布尼
茲（Gottfried Wilhebm Leibniz，1646—1716），德國自然科學家，數學家，哲學
家，唯理論的主要代表之一。主要著作有《單子論》、《人類理智新論》等。

❷ 伊比鳩魯（Epicure，西元前341—前270），古希臘哲學家，在倫理觀上，主張人生
的目的在於避免痛苦，使身心安寧，怡然自得，這才是人生的最高幸福。

原注：

① 萊布尼茲：《人類理智新論》，第二部，第二十卷。

② 布萊希特（Bertolt Brécht，1898—1956）：《大膽媽媽》（Mère Courage）第六景。

心

心。這個詞涉及各種活動和欲望,但貫穿其始終的則是這樣一個事實:心是一種奉獻,可是,這種奉獻不是被忽略就是遭排斥。

1.欲望的器官

心是欲望的器官(它擴張,收縮,就像性器官),比如處於想像中時,它會壓抑消沉或心花怒放。別人,或是對方會怎樣對待我的欲望?這種忐忑不安的心境就聚結了心的所有活動,所有「問題」。

2.心腦不一

維特對某侯爵心懷不滿:「他讚賞我的頭腦甚於讚賞我

維特

的心,可是,只有心才是我唯一的驕傲〔……〕唉,我知道的事情無論什麼人都能知道——而我的心,卻只是為我個人所有。」

你專到我不願去的地方等我：你愛我，但愛不到點子上。或者說：人們和我的興趣不同；我的不幸就在於：這分裂的東西就是我自身；我對自己的頭腦不感興趣（如維特所說的）；而你卻對我的心不感興趣。

3.沉重的心

所謂心，我以為就是我奉獻的東西。維特覺得，當這奉獻被退回時，當他捨棄了別人借予他而他自己又不想要的頭腦時，他就只剩下一顆心了。這種說法好像過於輕描淡寫了點，因為，事實上，我保留著的這顆心非同尋常，那是顆沉重的心；因奉獻被回絕而沉重，彷彿一股回流的「心」填滿了我的心（只有戀人和孩子才有沉重的心）。

（X君要出門好幾個禮拜，說不定就這麼「過去了」；臨走時，他要買支表路上用；店員衝著他直做鬼臉：「您要不要我手上這支？這些表賣那個價？那時候您還年輕哪」等等；她不知道我的心有多沉重。）

原注：
①詳見歌德的《少年維特的煩惱》。

「一切塵世的享樂」

心滿意足。戀人執著地提出這樣的心願及其可能性：徹底滿足他戀愛關係中的欲望；戀愛關係永遠完美、成功：奉獻和接受至善的、天堂般的意象。

1.豐溢

魯斯布魯克　「然而，極盡塵世所有的享樂，將其熔鑄為一，整個投到一個人身上，這一切與我所指的愉悅仍有天壤之別。」[1] 由此可見，心滿意足就是投入：某種東西在我身上凝聚，熔化，如閃電一般將我擊倒。是什麼東西使我這樣滿足？某種全體性？不，是某種東西，源於全體性，同時又超越了它：一種毫無保留的全體性，一種不存在例外的總和，一個周圍再沒有任何東魯斯布魯克　西的所在（「我的靈魂不僅滿盈，且漫溢於外」[2]）。我情積中懷；但我並不滿足於填補空虛；我又生出一個「多餘」，正是在這「多餘」之中才會有心滿意足（所謂「多餘」，就是想像的運動狀態：一旦我不在「多餘」之中，便會產生受挫感；對我來說，「正好」就是「不夠」）：終於，我認識到這樣一種狀態：「歡樂能超越欲望所預見的一切可能性。」奇蹟：一

切「滿足」被拋在腦後，無所謂「酒足飯飽」，無所謂心滿意
足③，我超越了饜足的界限，我所發現的不是厭惡、噁心或甚
至是昏醉，而是……吻合。過度使我趨向適度；我緊貼在形象
上，和它的尺寸完全一致：精確，和諧：於是我便解決了「不
足」。我親歷了想像的決定性昇華，想像的凱旋。

字源學

心滿意足：誰都不提這類事——以致戀愛關係被誤認為
僅僅是一連串的抱怨。事實上，如果侈談不幸顯得冒失輕率的
話，反過來，閉口不提幸福，甚至詆毀它，那就顯得罪過了：
我非得受了創傷才表述：一旦我心滿意足，或回憶起心滿意足
的情景時，我的言語就顯得猥瑣了：我心蕩神馳，擺脫了語言
的羈絆，這就意味著我遠離了鄙俗、平庸：「出現這樣一種交
融，它會使你快活得受不了，甚至你會因此而化為烏有；我稱
之為移情。移情就是難以言傳的快樂。」④

魯斯布魯克

2.相信至善

我是否有幸真正地心滿意足事實上無關緊要（我真願意這
些運氣都只是泡影）。唯一光彩奪目、堅不可摧的是滿足的願
望。正因為有這樣的願望，我變得心曠神怡，一任想像縱橫馳
騁：我在自己身上構築起一個自由自在的主體的理想國：我已
經是這個主體了。他是絕對自由主義者：對他來說相信至善跟
相信至惡一樣，兩者都不可思議：從哲學意義上說，諾瓦利斯
筆下的海因里希·馮·奧夫特丁根和薩德筆下的朱麗亞是一路

諾瓦利斯

貨色❶。

尼采

　　（心滿意足意味著毀滅遺產：「……快樂根本不需要繼承者或者孩子——快樂只需要它自己，需要永恆，需要相同事物的重複，要一切都保持原狀。」——心滿意足的戀人壓根不需要寫作、傳達和創作。）

譯注：
❶ 諾瓦利斯（Novalis，1772－1801），德國浪漫主義作家，其詩作《夜的頌歌》否定人生，讚美死亡；其未完成的長篇小說《海因里希‧馮‧奧夫特丁根》描寫主人公終身追求一朵神祕的藍花，表現一種神祕主義思想。朱麗亞是薩德（見本書「鼻子上的疵點」篇注❹）的小說《朱麗亞或惡行的走運》中的主人公，是惡行肉欲與虐待狂的化身。

原注：
① ② ④ 魯斯布魯克（Rusbrock）：《魯斯布魯克選集》。
③ 從詞源上看，「滿足」（satisfaction）既表示「滿意，足夠，相當……」，也表示「吃飽，喝醉，饜足」。

「我為對方感到痛苦」

同情。每當戀人看到、感到或知道愛戀對象因這個或那個外在於戀愛關係的原因而感到不幸或受到威脅時，一種強烈的同情感便會油然而生。

1.有難同當

尼采

米歇萊

「假設我們設身處地地想對方所想——叔本華稱之為同情，而更確切的說法是有難同當（痛苦中的結合，因為痛苦而結合）——那麼，當對方自怨自艾時——就像帕斯卡（Pascal）那樣，我們不就得怨恨他了嗎？」① 倘若對方為幻覺所苦，擔心自己會發瘋，那我也得生出幻覺，恐怕也得發瘋② 。然而，不論愛情有多大的力量，這種事情是不會發生的：我為之動容，憂心如焚；眼睜睜地看著自己心愛的人在受苦受難，真是樁可怕的事情；但同時，我又漠然置之，毫不動情。我的認同是不完全的：我是一個母性，但又是一個不夠格的母性；相對於我內心深處保持的冷漠來說，我的激動似乎過分了點。因為，就在我「真誠地」為對方的不幸而痛苦時，我發現這不幸的發生與我無關，而且，對方由於自己的不幸而痛苦時，他／她也就拋棄了我：他／她並非因為我而痛苦，那就是說，我對他／她來

講無足輕重：他／她的痛苦造就出與我無關的對方，從這個意義上說，這個痛苦也就把我給一筆勾銷了。

2.活下去！

這樣一來，一切都翻了個個：既然對方的痛苦與我毫不相干，我何苦來著要跟他／她有苦同受？他／她的不幸把他／她帶得離我遠遠的，我只有跟在他／她後頭喘氣的份，壓根別想追上他／她，跟他／她同受煎熬；既然如此，那我們不妨離遠點，試著保持一定距離。倖存者冒到嘴邊又咽下去的話還不如一吐為快：我得活下去！
.....

3.體貼入微

我就是這樣和對方一起共患難，但也不至於表現得太過分，要尋死覓活的。這種態度，既多愁善感，又冷眼旁觀，既情真意切，又不失分寸，我們不妨給它這麼個名稱：體貼入微（它好比同情的「健全」方式，彬彬有禮，且不乏藝術性）。（阿特〔Até〕是專門將人引入迷津的女神。但柏拉圖倒也沒忘了提到她的體貼：她腳上生翅，步履輕盈。）[3]

會飲篇

原注：
① 尼采：《曙光》，格言63，73。
② 米歇萊：「我為法蘭西感到痛苦。」
③ 詳見《會飲篇》。

「我想弄明白」

理解。戀人忽然發現戀愛是由許多無法理喻和百思不得其解的頭緒糾成的一團亂麻，他失聲呼喊：「我想弄明白〔我這是怎麼了〕！」

1.當事者迷

對愛情我是怎麼想的？——實際上，我什麼名堂也沒悟出來。我確實很想知道愛情究竟是怎麼一回事，但作為一個當事者，我所能看到的只是它的存在，而不是它的實質。我想弄清楚的東西（愛情）恰恰正是我談論的東西（戀人絮語）。當然，可以作點反思，但這反思卻寓於一連串的形象之中，結果也就悟不出個所以然來：我被排斥於邏輯（按邏輯來說，各人的言語相互之間都是外在關係）之外，哪裡還能好好思考一下。所以，儘管我能夠成年累月地發表對愛情的宏論，我頂多只能抓住一些隻鱗片爪，奇思異想的流動中湧現出的一些閃念、斷想、妙語等等；在愛情的格局中，我的立足點不對頭，我處於最耀眼的地位：「中國有句古話：當事者迷。」❶

引自瑞克
〔Reik〕

2.走出電影院

我獨自走出電影院。剛看過的電影又勾起了我對自己戀愛中所遭逢的種種曲折的萬千思緒，我發出了這聲奇怪的呼喊：不是「算了，算了！」而是「我想弄個明白（我這是怎麼了）！」

3.強制手段

會飲篇

強制手段：我要以一種異己的語言來分析、認識、表達；我要將我的癡癲展示給我自己看。我想「正視」到底是什麼將我分裂肢解。看清你的蠢態，這就是宙斯的旨諭，他吩咐阿波羅將截離後的陰陽人的面孔扭到截開的那一面，「這樣，他便可以常常看見截痕，可以學乖一些。」① 要有清楚的認識，不正是要剖開人的形象，拆解「我」——這個執迷的機體嗎？

4.解釋

A. C.

解釋：你的呼聲想要說明的並不是這些。事實上，這一呼聲仍然是愛情的呼喚：「我要弄個明白，我要人理解我，認識我，擁抱我；我渴望有個人與我結伴」②，這才是你的呼聲的真正合意。

5.幻象：明澈的夢境

字源學　　我要改弦易轍：不再忙著揭底，或忙於解釋，而是將意識本身當作致幻藥，藉以達到某種徹底擺脫現實的幻象，在純淨的夢境中窺出愛情的前景。③

　　（如果意識——上述這種意識——成了人類未來的現實，那將會怎麼樣？再繞一個彎子來看，一旦有一天所有逆動的意識形態忽然消失殆盡了，意識最終會不會消除事物的表裡、內外的差別？如果分析不再是被用來消除渾成的力（甚至不再去改變它或引導它），而只是像藝術家那樣去裝飾點綴這種力，那又將怎麼樣？❷ 我們不妨設想：研究名實差異的科學某一天會突然發現它自己的辭不達意之處，而這種辭不達意就是一種全新的意識方式。）

譯注：
❶ 原文直譯為：「明燈下常是黑暗處。」
❷ 這裡可以明顯地感覺到尼采思想的印跡：在尼采看來，儘管人生痛苦無法避免，人也沒有必要絕望厭世，或是借助理性來克服痛苦，人可以通過非理性的酒神精神，靠人自身旺盛的生命力與痛苦抗爭，肯定人生，靠生命力的投射來賦予世界以意義；由此出發，他反對整個西方基督教文明（包括它之前的柏拉圖精神「我發現他是如此遠離希臘的一切基本本能，如此道德化，如此先於基督教而基督教氣味十足」），認為它從根本上是否定人生，壓制並且扼殺人的生命力的，是逆動的意識形態；理性分析同樣也會消解、分化這種自然渾成的力，而導致人的衰落，因此同樣是不可取的；人只需用酒神精神（強盛的生命力，激情）和日神精神（明澈的夢境，直覺的觀照人生）去肯定人生，去發現人生的美。

原注：
① 詳見《會飲篇》中阿里斯托芬的表述。
② 友人A.C的書信。
③ 詞源學：古希臘人將őναρ（onar）常人的夢和ïπαρ（hypar）先知的幻覺（從沒有人相信）相對比。這是J.L.B.指出的。

「怎麼辦」

行動。一個左思右想的情境。戀人〔通常都是這樣〕對下一步的行動提出了徒勞無益的問題：面臨著這樣或那樣的選擇，該做些什麼？該怎麼辦？

1.要麼這樣，要麼那樣

維特　　是不是要繼續下去？維特的朋友威廉是個講究倫理的人。所謂倫理，是一種關於行為的道理。這種倫理實際上是一種邏輯：要麼這樣，要麼那樣；如果我選擇（決定）這樣，接著便又是要麼這樣，要麼那樣：一直延續下去，直到這串選擇的瀑布最終引出一個不折不扣的行動──再也不後悔或猶豫了。你愛夏洛蒂：要麼是你有些希望，並由此而行動；要麼你毫無希望，因此你得死了這條心。要麼這樣／要麼那樣；這便是「心智健全」的人的語言。但戀人（像維特那樣）答道：我偏要居於兩極選擇之間：也就是說，我不抱希望，但我仍然要──或者：我偏要選擇不做選擇；我情願吊著：但我是在繼續下去。

2.徒勞無益的問題

　　為下一步該怎麼辦而煩惱焦灼完全是白費心，而如果是沒完沒了，那就更是白費神了。對方如果偶然或無意之間給了某個地方的電話號碼，按這個號碼在某一時刻可以與他／她通話，我會立即變得手足無措：我是打這個電話好呢，還是不打？（我可以打，這不用多說──完全是明擺著的、想當然的意思──，而正是因為有了這個權利我才不知所措。）

　　所謂徒勞無益是指顯然毫無結果的事。但是對於我，一個戀人，所有新的動向，所有讓我不安的事都不是視作一樁事實，而是一個符號跡象的某個側面，需要加以詮釋。從戀人角度來看，一樁事情之所以不能小覷，因為它很快地變成了一個符號：而符號就不是一件簡單的事了，它可有後果（能引起反響）。如果對方給了我這個新電話號碼，那是個什麼符號？是要隨即打電話圖個樂趣？還是讓我在有事時迫於需要掛電話？我做出的反應本身也是個符號，讓對方不得不對其進行破解。這樣一來，兩人之間便捉開了迷藏，要好一番折騰。不管什麼都是符號：如果這樣想，就夠我受的了。我得不停地盤算，整天愁眉百結。

　　有時，由於過於沉溺在捕風捉影般的苦思冥想中，我感到身心疲乏；接著，為了改變這一狀況，像一個行將溺死的人沉到海底一樣，我試圖回復到任其自然的選擇方式上去（任其自然，一個多誘人的夢：不啻是仙境，力量源泉，極樂境界）：這個電話你若想打那就打吧！但無濟於事：戀愛階段壓根兒就

不允許將衝動與行動混為一談，這是兩碼事；我不是個「外露」的人——我的癡勁是深沉內在的，外表看不出；我擔心「立即」所引起的後果，不管是什麼後果；要說「任其自然」的話，只能是我的擔心，我的忐忑不安。

3.懶洋洋

禪宗

行動（原因與結果）之間的不幸聯結叫「羯摩」。佛教徒想遁出羯摩，撇開因果關係；他想鏤空符號，避開「該怎麼辦？」這類實際問題。而我卻不能不無休止地問這個問題。我追求超脫羯摩的涅槃。就具體情形而言，只要可以讓我不再對行動負什麼責任，哪怕吃再多的苦，我也能平靜地認了；我受點罪算不了什麼，至少我可以不做什麼決定了；我內在的（想像的）戀愛機制自行運轉，像個電氣時代的工人，或者像一個在班級裡居倒數第一的笨蛋，我只要在場就可以了：羯摩（機器，課堂）在我眼前運轉，不用我操心。即使身陷於愁雲慘霧中，我也能為自己——至少有那麼短暫的一刻——開闢一個懶洋洋的小角落。

默契

默契。戀人想像自己在跟情敵議論愛戀對象，奇怪的是，想像出的這一景象居然在他身上生發出某種同謀的快樂。

1.雙人贊

　　我可以和這個人──他和我一樣，也愛著愛戀對象──隨意談論愛戀對象：這是我的對手，競爭者，對稱物（敵對是個方位的問題）。我總算能跟一個知情者來評論對方了；由於兩人都摸底，所以我感受到欣逢知音的喜悅；在這樣的評論中，對象既不會被拒之千里之外，也不會被割裂肢解；他停留在這種二重表述裡，受其庇護。同時，我與意象保持一致，與這面能反映我面目的鏡子保持一致（在對手的臉上，我看到的是我自己的恐懼和妒忌）。我收起自己所有的妒忌，跟對手一起興致勃勃地圍繞著缺席的愛戀對象喋喋不休；由於兩人的目光都轉向了他／她，那缺席者的客觀性就更能得到體現：我們潛心於一種嚴格而又有成效的體驗──既然有兩個觀察者，況且兩人的觀察又是在同樣的條件下進行，對象被證實了：我發現我

是對的（有理由感到幸福，傷心，或憂心忡忡）。

字源學
（從詞源學的角度來考察，「默契」一詞拉丁文的原義是：我眨眼，我眨一下眼睛，我閉上眼睛。）

2.誰是多餘的人？

終於，出現了這樣的反常現象：愛戀對象自己倒幾乎成了這三角關係中的多餘者。這種現象往往在某些困境中可以見到。當愛戀對象埋怨或貶低我的對手時，我不知該如何應答：一方面，不去利用對我有利的知心話——那似乎能「加強」我的地位——是一種「高尚」行為；另一方面則是出於謹慎：我很明白自己跟對手處於同樣的地位，並且，從今以後，一切心理活動、一切價值都被撇開，任什麼都不能保證我將來不會遭遇同樣的命運。還有些時候，我向對方稱道我的對手（為了表示自己「豁達」？），對此，對方卻古怪地表示抗議（為了討好我？）。

3.對手

D. F.

嫉妒是一個三項等式，帶有三個可互換的（不確定的）項，人們總是同時嫉妒兩個人：我嫉妒自己的愛戀對象和自己

的情敵。對手也為我所愛：他使我感興趣，使我驚訝，並呼喚我（請看杜思妥也夫斯基的《永恆的丈夫》）①。

原注：
① 與友人D.F.的談話。

「我的手指無意中……」

接觸。這一具體情境源於悄悄地觸及了自己所鍾情的人的身體〔準確說是皮膚〕後引起的內心獨白。

1.需要作出應答的是皮膚

維特

維特的手指偶然碰到了夏洛蒂的手指，他們在桌面下的腳無意間相擦了。維特可以從這些偶然的事件中咀嚼出意味來；他可以在這些輕輕觸及的部位貫注身心，在與這些無意的手足輕輕碰觸間得到戀物的快感，而用不著顧及對方是怎樣想的（「物戀對象」——正像其詞源所揭示的那樣——是不會應答的，就和上帝一樣）。但實際上，維特並不反常，他只是墮入情網而已——無論何時何地，他都在無中生有地製造意義，而使他激動的正是這些意義——他處於意義的撩撥之中。對於戀人來說，每一次接觸都在提出需要應答的探詢——需要作出應答的是對方的皮膚。

（捏一下手——不尋常的浪漫印跡——掌心裡微妙的示意，屏住不再動彈的膝蓋，似乎是自然而然沿著沙發後背伸出的手臂，放在對方的頭漸漸後靠的地方——微妙隱祕的符號跡

象構成的令人銷魂的境界：不是感官的愉悅，而是咀嚼意義帶來的快感。）

2.那像理髮師的手指

普魯斯特

夏呂斯摸著敘述者的下巴，❶用他那像被磁石吸住的手指——「那像理髮師的手指」——一直撫到他耳根。我開始的這個小小動作由我的其他部位來完成；在不中斷實際動作的情況下，這一動作又生發開去，不起眼的功用轉變為鮮明的意義，即對愛的喚呼。意義（註定了）像電擊一下觸了我的手；我要扯開對方密封的實體，迫使對方進入意義的撞擊交流（不管對方是作出積極反應，縮回去，還是默默接受）：我要讓對方說出來。在戀人的境界裡，不存在具體實施：沒有衝動，也許連快感都沒有——只有符號，語言的狂熱活動：在每一次的悄悄的情境中，構成一個應答的系統（範例）。

譯注：
❶ 巴特這裡的用典源於法國現代派大師馬塞爾‧普魯斯特《追憶逝水年華》。「敘述者」為書中主人公馬塞爾；夏呂斯（Charlus）在書中被稱為「男爵」，同性戀者。馬塞爾既受其吸引，又對他感到厭惡。書中「平原之戰」一卷便是寫馬塞爾與夏呂斯的關係。

事件. 挫折. 煩惱

純屬偶然。細枝末節，偶然的事件，小小的曲折，瑣碎的小節，微不足道的細節，不起眼的地方，都會引起戀愛的煩惱：事情總是在節骨眼上與追求幸福的戀人作梗，似乎機遇在存心與他作對。

1.因為……

「因為今天早上X心境很好，因為我收到了X的禮物，因為我們下一次約會已經訂好——但又因為我沒有料到今晚竟然撞見X由Y陪著，因為我想像得出他們看到我時相互悄悄地嘁咕著什麼，因為這次邂逅表明了我們關係的曖昧含混，甚至也許還因為X的兩面性——喜滋滋的心情蕩然無存了。」

2.瑪雅的黑幔

事情雖小（這類事從來都是瑣屑的），但卻引出了我所有的語言。我立即小題大做，似乎這類事由類似命運的力量在

冥冥之中一手造成。鋪天蓋地將我罩了個嚴嚴實實。無數的細枝末節這樣一來便會編成一個大黑幔，瑪雅之謎的黑幔，幻覺的、意義的、語言的黑幔。我開始竭力從發生的事中理出頭緒來。像（安徒生童話中的）公主二十層床墊下的豌豆，這事讓人心神不寧；像白天某個思緒在夜晚夢中化為眾多意緒紛至沓來，經意象庫的充實，這椿小事催發了戀人的絮語萬千，一發不可收。

安徒生

佛洛伊德

3.結構，而不是原因

按說我並不是被這事的原委搞懵了，讓我耿耿於懷的是其中的肌理脈絡。我突然意識到我們之間的迷霧翳障被揭開了，露出了其中的曲折，隱患和僵局（同樣道理，從嵌飾在珠光筆桿的小鏡片中我能窺出巴黎和艾菲爾鐵塔的風貌）。我並不指責對方，也不去疑神疑鬼，刨根尋底；我只是驚恐地覺察到了我所身陷的這個僵局的範圍之廣；我並不是被怒火燒燎，而在命運面前無能為力。

（對於我來說，這件事是個符號，而不是個標引：一個系統中的元素，而不是因果枝條上開出的花苞。）

4.歇斯底里的事端

　　有時，我自己會神經質似的平生出一些事端：我滿心喜悅地翹首等待著一個夜晚的到來，我要袒露自己的心跡，我只感到這一表白將給我帶來無窮歡樂，而這一切都被我自己攪得煙消雲散，要麼是肚子痛，要麼是傷風感冒：這些不過都是神經質失音症變了花樣的形式罷了。

對方的身體

身體。愛偶的身體在戀人心中觸發的種種思緒、感情和興趣。

1.被分割的身體

她的身體可一分為二：一面是身體本身——那肌膚，那眼睛——那麼溫柔；另一面是她的聲音，突兀又吞吞吐吐，常常還顯得那麼遙遠生疏。她的身體能給予的，她的聲音卻不能。再說，一邊是體態的婀娜溫存，慵嫵可人；玉質肌膚，嬌癡可掬。另一邊則是她的聲音——那腔調，總是那麼一套——嘰哩哇啦，老腔老調，甭提多俗氣。

2.端詳

普魯斯特

有時會若有所悟：我發現自己竟在仔細端詳愛戀對象的身體（就像小說敘述者站在熟睡的阿爾貝特跟前一樣 ①）。端詳便意味著發掘探索：我探索對方的身體，似乎想從中探出個

究竟，好像我愛欲的機理就藏在對方的身體裡似的（我好像那些孩子，拆開時鐘想看看時間究竟是個啥玩藝兒）。整個過程中，我既冷靜又暗暗吃驚；我屏息靜氣，像是面對著一隻奇怪的昆蟲，一隻我突然不再害怕的小蟲。對方身體的一些部位尤其可供人仔細端詳：比如眼睫毛，指甲，以及那些半遮半露的部位。我這顯然是對一具死屍產生了戀物情感，不然的話，當被我仔細端詳的軀體忽然從僵滯中復蘇過來，當那身體竟能做點什麼時，我的感覺為什麼會忽然產生變化呢？比方說，如果我發現對方竟然在思考，我便不再會胡思亂想。愛欲重又變得很飄逸，我又重新回到了一個意念，一個整體上：我又戀愛了。

　　（我冷靜地打量著對方的臉龐和身體：睫毛，腳趾甲，細挑的眉毛，薄薄的嘴唇，眼睛的光澤，皮膚上的斑痣，抽菸的手勢；我迷上了──這種迷戀總的說來是冷眼旁觀的極端形式──這彩陶玻璃的雕塑精品，從中我可以讀解我欲望的源泉，儘管我仍不知其所以然。）

原注：
① 普魯斯特《追憶逝水年華》。

交談 [1]

表白。戀人往往有這樣的癖好：一面抑制住內心的騷動不安，一面和愛戀對象大談其愛，談愛戀對象，談自己，談他們倆：表白之意並不在於吐露愛情，而在於戀愛關係的形式，即被反反覆覆、沒完沒了地議論著的形式。

1.觸摸

言語是一層表皮：我用自己的語言去蹭對方，就好像我用辭令取代了手指，或者說我在辭令上安上了手指。我的言語因強烈的欲望而顫慄。騷動來自雙重的觸摸：一方面，整個表述行為謹慎而又間接地揭示出那唯一的所指，即「我要得到你」，將這所指解放出來，供養它，讓它節外生枝，讓它爆炸（言語在自我觸摸中得到快感）；另一方面，我用自己的辭藻將對方裹住，撫摸他／她，輕輕地觸碰他／她；我沉湎於這樣的輕撫，竭盡全力延續這類對戀愛關係的議論。

（「含情脈脈地道來」，就是無限期、無匱乏地消費；就是交媾但沒有性欲高潮。也許存在這樣一種「有節制的交媾」的文學形式：馬里弗體。[2]）

2.概念化的花言巧語

議論的衝動循著替代法的軌跡不斷地移動。起先我是為了對方而談論我們的關係；但或許也是面對一個知己：我從你轉向了他。然後，我又從他轉向了人們：由此我生發出關於愛情的抽象表述，關於事物的哲學，總之，這只能是一種概念化了的花言巧語。反過來看，任何以愛情為主題的談話（不管表面看來多麼冷漠）必然包含某種隱祕的演講（也許你並不知道我是在對某一個人說話，但他確實就在那兒，我的格言警句就是對他而發的）。在《會飲篇》中，也許就有這樣的演講：那就是亞爾西巴德在聽了分析大師蘇格拉底的講話之後，呼喚並渴望得到的阿伽東。

拉岡

（愛情的難以言傳，它的特殊性使它游離於種種論述之外；歸根到底，只有遵循嚴格的演講規定性，人們才能去論及它；不論是哲學巨著還是箴言集，不論是抒情詩還是小說，在涉及愛情的表述中，總有一人是作者傳達的對象，儘管這人物往往像個幽靈，或是某個尚未問世的創造物。沒人願意談論愛情，除非是為了某某人。）

譯注：
❶ 本文標題的原文L'entretien有多重含義，既可指維持原狀，保持感情，也可指供養（比如女人、妓女等），還有交談等等，就像此處的譯文：這篇小文的妙處之一就在於從幾個角度展示出詞的多義性及其相互之間的複雜關係。
❷ 馬里弗（Marivaux），法國18世紀喜劇作家，以其過分細膩而顯得矯揉造作的描寫愛情心理的筆調而著稱。

獻辭

獻辭。語言的插曲；它伴隨著任何一件戀人的禮物，現實的
或計畫中的；推而廣之，它伴隨著任何一個姿勢，或實實在
在，或藏而不露；戀人正是用這插曲向愛戀對象獻上禮物。

1.戀人的禮物

　　戀人在無比激動近似迷狂的情況下去尋覓、選擇、購置
送給愛戀對象的禮物。我挺興奮地打量一下，看看這東西是否
招人喜歡，是否會讓人失望，或是正相反，是否會因為禮物過
於貴重，反倒暴露出我自己陷入迷狂或受到強烈誘惑的窘態。
戀人的禮物是一種正式表白；我被統攝想像生活的、折磨人的
換喻牽著鼻子，完全沉浸到對象中去了。通過這件禮物，我向
你獻出我的一切，我用自己的生殖器來點觸你；正因為這個原
因，我才如癡如狂地逛遍五花八門、形形色色的商店，非要覓
到合適的、光彩奪目的吉祥物，最好它與你的欲望一拍即合。
　　禮物是接觸、感覺的途徑：你會觸摸我摸過的東西；這
第三者皮膚將我們連接在一起。我送X……一條圍巾；他回贈
我這樣一個事實，即他戴著這條圍巾；他確實就是那麼天真地

理解，並且那麼說的。反之，任何崇尚純潔的教諭都禁止用手
去觸摸捐贈或是接受的禮物；佛教徒削髮為僧時，他的個人用
品、袈裟都是放在供案上送給和尚的；和尚不能用手，只能用
杖去接受這些物品；從此以後，所有給他的供品——他賴以生
存的東西——都得放在供案上、地上或扇面上。⓵

禪宗

2.因為我愛

　　我很擔心：禮物是否會由於某種近似惡作劇的缺陷而不產
生預期的效用；比方說有個小匣子（要弄到它多不容易啊），
上頭的鎖恰好壞了（雖說那店鋪還是由上流社會婦女經營的，
而且還取了個漂亮名字：「因為我愛」（Because I love）。這麼
說來，是因為我愛，這鎖才壞的？）。禮物帶來的歡樂就這樣
煙消雲散了，而且戀人終於明白，他要饋贈給對方的東西，並
非為他／她自己所有。

　　（人們贈送的僅僅是一個對象：X……被分析，Y……也想
讓人給分析：難道分析就是愛情的禮物？）⓶

Ph. S.

　　禮物並非一定就是垃圾，但它或多或少會被當作廢品：我
收到了禮物，卻不知道如何處置；這禮物並不適合我的天地，
礙手礙腳，純屬多餘：「你這禮物，叫我怎麼辦才好！」「你
的禮物」成了戀人禮物的滑稽的代名詞。

3.介紹自己的饋贈

　　向對方介紹自己的饋贈（時間、精力、苦心，以及其他種種關係等），這彷彿是戀愛「場景」中一種典型的劇情簡介，正是這樣引出對白並藉以啟動任何一個場景：可我卻沒送給你！禮物展示出勢力的較量，成為檢驗的工具：「我要送你的東西比你送給我的還要多，那樣我就能支配你了」（在美洲印第安人交換禮物的盛大的宗教節日裡，人們往往因此而焚燒村莊，屠殺奴隸）。

　　表明我饋贈的東西，正是遵循了家常模式：看看，我們為你作出了多大的犧牲；再不然：我們給了你生命（──生命？我才不在乎呢！等等）。談論禮物，就等於將禮物置於某種交換經濟之中（相互犧牲，哄抬價格，等等）；與此相對的是無聲無息的消費。

4.獻辭

　　「向這位神靈，啊，斐德若，我奉上這篇獻辭……」[3]言語無法贈送（怎樣用手將它傳給對方？），卻可以題獻──既然對方是一位小神祇。[4]供品湮沒在祝聖儀式的滔滔宏論中，湮沒在獻辭的優雅姿態中；假如獻辭富有節奏感（有格律），或被吟唱──這本是頌歌的特徵，禮物便會在這樣的聲調中得到頌揚。沒什麼好送的，我就索性題奉獻辭，將我的一腔情懷消融

會飲篇

R. H.

其中：

波特萊爾

> 獻給最心愛、最美麗的人兒，
> 她用光明填滿我的心懷，
> 獻給天使，不朽的偶像……⑤

所謂歌曲，就是空泛的致詞裡面一個矯揉造作的附加部分，完全包容在致詞這一整體中，因為我通過歌唱來贈獻的，既是我的身體（因為有我的聲音），又是你藉以打擊這身體的緘默。（愛是沉默的，諾瓦里斯說；只有詩才能讓它開口。）歌曲不表達任何東西：正因為這樣，你最終聽到的是我獻給你的歌；它就跟孩子遞給母親的一段線頭、一粒石子一樣，毫無用處。

5.寫

費加洛婚禮

儘管愛神無法表白，無法承情，她還是想吶喊，疾呼，想到處寫出自己：「在水裡，在黑暗中，在山上，在花叢中，在草叢裡，在泉水中，在回聲中，在空氣中，在風中……」⑥當戀人創造，或者哪怕只是擺弄一下任何一樣東西時，他／她都會產生題詞的衝動。他想把自己從事的事業立刻甚至事先就獻給他所愛的人；他工作正是為了情人。名稱的預定正好表示這是奉獻。

但是除了頌歌——它使獻辭和文本混為一體——以外，跟隨在獻辭之後的東西（即作品本身）與獻辭並沒多大關係。我的饋贈不再是同義詞的反覆（我送你這件我送你的東西），而是有待詮釋的；它有一個（或幾個）意義，遠遠超出了致詞的範圍；我徒然將你的名字題在我的作品上，事實上這是為「他人」（別的人，讀者們）而寫的。因此，鑒於寫作本身的必然性，人們不能斷言某某文本是戀人的文本，嚴格地說，只能講它是作者滿懷深情創作出來的，猶如一塊蛋糕或一隻繡花拖鞋。

甚至還不及一隻繡花拖鞋！因為拖鞋是按照你的腳定做的（你的尺碼，你的喜好）；蛋糕是根據你的口味製作或選擇的：在這些東西與你之間有一致之處。但寫作卻不獻這種殷勤。寫作是乾巴巴的，愚鈍的，有點像壓路機，行進時漫不經心，談不上什麼體貼入微；與其說背離了命運（況且什麼是它的命運呢？這又是個謎），不如說它會毀了「父母、情人」。當我提筆時，我得明白這個明確的事實（按照我的想像，正是這一事實將我撕裂）：可以說，寫作是善者不來，來者不善：它使對方憋得透不過氣來，因為對方在我的寫作中非但發現不了任何奉獻，反而看到了明白無誤的鎮靜、力量、享受和孤獨。由此可見題辭的殘酷的悖論：我要竭盡全力贈予你那會使你窒息的東西。

（我們一再證實這樣一個事實：一個人在寫作時根本不具備表現他自己形象的文筆；倘愛我者「是愛我這個人」，那他／她就不是為了我的寫作而愛我（而我會因此感到痛苦）。

否則就是同時愛上一個身體中的兩種能指，那就過分了！那樣的事實屬罕見。假如偶爾發生這種事，那一定是巧合，是天意。）

6.印刻，而不是給予

我應該明白，不能把自認為是為你寫的東西送給你：不可能有戀人題辭（我不會滿足於世俗的簽名，裝模作樣在我倆都不感興趣的某部著作上給你題辭）。對方被納入這樣一種活動，那是比簽名深刻得多的印刻：對方被列入文本，在那裡留下多重印記。假如你僅僅是這本書的受題辭者，你就無法擺脫自己作為對象——神——的嚴峻處境；但你在文本中的存在方式並不是某種類比形象或某種偶像的顯現，而是力的顯現，那是不太令人安心的顯現——正由於這一點，你在文本中難以辨認。你不斷感覺到自己被迫保持緘默，或是覺得自己的表述被戀人那魔幻般的表述所窒息，這都無關緊要：在《定理》中，「對方」並不開口，但他卻在每一個愛他的人身上都刻下了印記 7——導致了數學家稱之為「災變」（一體系對另一體系造成的擾亂）的東西：這緘默者真是個精靈。

帕索里尼 ❶

譯注：
❶帕索里尼（Pier Paolo Pasolini，1922—1975），義大利詩人、小說家，電影導演。

原注：
①禪宗，見佩爾什侖（M Percheron）所著的《和尚與佛教》。
②與P.H.S.的談話。
③詳見《會飲篇》中阿伽東的演講。
④與R.H.的談話。
⑤波特萊爾的詩。
⑥《費加洛婚禮》第一幕中舍魯賓（Chérubin）的詠歎調。
⑦帕索里尼的影片《定理》。

「我們是自己的魔鬼」

魔鬼。 有些時候，戀人覺得自己處於語言的魔掌之中，身不由己地去傷害自己，並且——用歌德的話說——將自己逐出天堂：也就是戀愛關係為他構造的天堂。

1.旋轉的飛輪

有股確切的力將我的語言拽向不幸，拽向自我摧殘：我的表述狀態猶如旋轉的飛輪：語言轉動著，一切現實的權宜之計都拋在腦後。我設法對自己作惡，將自己逐出自己的天堂，竭盡全力臆造出種種能傷害自己的意象（妒忌、被遺棄、受辱，等等）；不僅如此，我還使創痕保持開放，用別的意象來維持它，滋養它，直至出現另一個傷口來轉移我的注意力。

2.複數

歌德

惡魔是個複數名詞（「我的名字就是大部隊」）。當一個惡魔被趕走，當我終於（出於偶然或是通過鬥爭）使它閉嘴

時，另一個又抬頭了，又開始對我說話。①戀人身上的邪魔有如硫質噴氣口的表面，大大的氣泡（滾燙，呈漿狀）一個接著一個地此起彼伏；這邊的一個氣泡破了，消失了，恢復了原樣，那邊，更遠的地方，又冒出一個來，開始膨脹。大量的氣泡如「絕望」、「妒忌」、「排他」、「欲望」、「無所適從」、「怕丟面子」（最可惡的邪魔），一個個劈啪作響，毫無秩序可言：那是大自然本身的混亂。

3.順勢療法

老問題：怎樣才能驅邪呢？惡魔，尤其是語言的惡魔（舍此還能有什麼別的惡魔？），是要用語言才能制服的。因此，我指望尋找一個較為平和的詞（我求助於婉轉措辭法）去代替（假使我有這方面語言才能的話）那個侵襲我的（我自己造成的）邪惡的詞，以此達到驅邪的目的。我以為這樣一來總算能夠擺脫危機了；誰知，一轉眼──由於一次汽車旅行──我又陷入了沒完沒了的嘮叨，被有關對方的念頭、對他／她產生的欲望、由此造成的遺憾以及神經所受的刺激折磨個不停；這樣一來，在種種創痕之上，又添上了令人喪氣的一條：我不得不承認自己是舊病復發；不過法語詞彙算得上是一部真正的藥典（既有毒藥，又有良藥）：不，這並非舊病復發，而是原先的惡魔捲土重來。

原注：
① 歌德：「我們是自己的魔鬼，我們將自己逐出我們的天堂。」（《少年維特的煩惱》）。

依戀

依附。在此情境中，公眾輿論看到的是拜倒在愛戀對象腳下的戀人的眞實處境。

1.戀人的依附

考特吉亞
會飲篇

　　戀人依附於愛戀對象這一情境有其自身的機制：它必須是絕對無目的的。① 因為，要使這種依附顯示出其純潔性，就得讓它在最無意義的場合表現出來，並且由於怯懦，我感到這依附實在難以啟齒：等待電話，這依附似乎過分了，我得好好地掩飾它：正因如此，我會因那些長舌婦的聒噪而焦躁；她們在藥房裡喋喋不休，使我不能儘快回到電話機旁，我要守候電話機；我不願錯過這個電話。它會帶給我其他依附的機會；這樣，我彷彿在竭盡全力保存依附的天地，以便依附能夠得以實施：我對依附著了魔，但，更有甚者——更為複雜的是——這樣的著魔使我感到羞辱。

　　（我之所以承擔這依附，是因為對我來說這是表示我的求愛的一種方法：在戀愛中，無益絕非什麼「弱點」或「可笑的

事」。它是一個強有力的符號：愈是無益之事，愈有意義，愈能顯示出它的力量。）

2.反抗

對方註定了是要高高在上的；就彷彿高居於奧林匹斯山上，一切都在那兒決定，並從那兒降臨到我頭上。這些降臨的決定有時劃分為不同等級，對方本身也依附於某種超越他／她自身的力量，這樣我就成了雙重的從屬：既是我愛戀對象的從屬，又是愛戀對象所依附的主體的從屬。我因此而感到厭惡，因為至高無上的決定——我是它最後的目標，而且是卑下的目標——在我看來似乎一點兒也不公正：曾幾何時，作為一個悲劇性的順民，我選擇了這樣的天意，現在我不再服從了。我又復歸到這樣的歷史階段：貴族勢力開始受到要求民主權利的力量的打擊，「沒有理由要我去……」等等。

（假期的選擇，由於複雜的日程安排以及我所屬的這樣或那樣的網路，極妙地促進了這些初步的權利要求。）

原注：
① 考特吉亞（Cortezia）：騎士的愛建立在戀人依附之上。

豐溢

付出。情境：戀人既想、又拿不定主意是否要將愛情置於純粹付出的經濟方式中去，作為一種「完全虧損」。

1.贊張力

維特阿爾貝特，刻板、保守、平庸，（和許多人一樣）一口咬定自殺是怯懦的表現。相反，對於維特來說，自殺動機既然發自繃緊的心弦，就算不得是軟弱的表現：「哦，我親愛的朋友，如果說付出全部身心證明了一個人的剛強的話，為什麼繃緊了心弦卻成了軟弱了呢？」（維特語）充滿激情的愛情是一種力，一種剛毅（「這強烈、執著、不可抑制的激情」），既含有希臘文ischus的習慣涵義（ischus，希臘文，意指精力，內在張力，堅韌性格）①，又有對我們更加切近的意思，即付出。

（如果我們能多少感受出帶有激情的愛情是一種奔放不羈的力量的話，那麼我們得記住：無病呻吟的矯情是一種異己力量。）

2.歌德對中傷他的英國人所作的反擊

維特

在《維特》書中有時會有兩種經濟意識相互衝突。一方是癡情郎，一味地揮霍自己的時間、精力和財力，毫不計較得失；另一方是市儈（小職員），不停地告誡他：「要珍惜時間……不要亂揮霍」云云。一邊是作為戀人的維特天天付出愛情，並沒有想到要去儲蓄或得到償還；另一邊是作為丈夫的阿爾貝特，斤斤計較自己的家當和幸福。一邊是小資產者的小康經濟；另一邊則是揮霍浪費、頭腦發熱的放任自流式的經濟。

維特

（一位後來當了主教的英國勳爵曾指責歌德，因為《少年維特的煩惱》引起了一陣自殺熱。歌德用純屬經濟的語彙回答道：你們的商業制度已經造成了成千上萬的犧牲品，為什麼不能讓《少年維特的煩惱》也有幾個呢？）

3.無謂的算計

戀人在獨白時也不是沒有盤算：我也要動腦筋，也會算計算計，為了得到某種滿足，或為了不受挫傷，或不無調皮地悄悄向對方示意：自己煞費苦心都是為了他／她，而毫不計較得失（只不過是在半推半就，遮遮掩掩，並不想傷害人；只是逗樂，想打動對方，等等）。這些算計都是戀人急切不安的表現而已，從未想到過要得到什麼最終收益：這種支出是開放性的，沒有終極贏利；力氣也是瞎使一氣，漫無目標（愛的客體

並不是個目標：一個存在客體，而不是個終極客體）。

4.美

如果愛情的付出不斷得到肯定，並且不受約束，不計回報的話，就會產生輝煌奇特的現象。人們稱之為豐溢，一種美：「豐溢便是美。池滿泉湧。」❶ 愛情的豐溢是一種孩童式的情緒外溢，他的自我陶醉和無窮樂趣是無法抑制的。情感的豐溢會摻有憂鬱的心境，絕望的情緒和輕生的念頭，因為戀人的獨白不是在中庸狀態中進行的；反常的經濟造成失去平衡的現象。我因此而失常並揮霍無度。

布萊克②

譯注：
❶ 布萊克這兩句名言出自其散文詩《天堂地獄之合》。

原注：
① 古希臘斯多噶派的觀念。
② 布萊克語，引自N.Q.布朗《愛欲與死亡》。

僵化了的世界

「隔除現實」 ❶ 。這是戀人面對世界體驗到的空虛，一種跟現實隔離的感受。

1.精美的漆器

Ⅰ. 「我等個電話，等得比以往任何時候都心焦。我想找些事做，但最終什麼都幹不成。我在屋子裡來回踱步：所有東西——平時都使我振作——灰色的屋頂，都市的喧囂等等，一切的一切都顯得毫無生氣，孤寂，呆板，有如一個荒無人煙的星體，彷彿是人類從未涉足的洪荒。」

Ⅱ. 「我信手翻著一本畫冊，那是自己喜愛的畫家的作品；我只能漫不經心地看看。我承認畫得實實在在，但畫面冷峻，真使我厭煩。」

Ⅲ. 和朋友們待在一個擁擠的咖啡館裡，我感到痛苦（沒有戀愛的人不能理解這個詞）。痛苦來自人群，喧鬧，拙劣的布景，從吊燈和玻璃天棚上撒下一個非現實的罩子將我套在裡面。

Ⅳ. 「我獨自待在一家咖啡館裡。那是星期天，午飯時分。

透過玻璃，可以看到馬路對面牆上的海報，是高呂士 ❷ 做著鬼臉的一副蠢相。我打了個寒戰。」

（世界沒有我照樣很充實，就像《噁心》中描寫的那樣，它好像存在於一塊玻璃後面 ❸；世界就在一個玻璃缸裡，雖說近在咫尺，可是看得見卻摸不著，它跟我隔離，是用另一種材料構成；我身不由己，不停地墜落，沒有暈眩，沒有雲霧，我在明晰精確之中墮落，彷彿吸了毒似的。「啊，當這美妙的大自然在我眼前展現，就像一件精巧的漆器那樣冷漠……」）①

沙特

維特

2.泛泛的交談

我被迫作陪（假使不是被迫加入的話）的任何泛泛的交談都讓我難受，把我凍僵。我覺得自己被屏棄於他人的語言之外；這些人很可笑地將他們的語言搞得過分誇張繁縟：他們肯定，否定，吹毛求疵，大肆炫耀：葡萄牙跟我有何相干？對狗的愛或是最近的小道新聞又跟我有何相干？我看這世界——另一個世界——充滿著歇斯底里。

3.義大利之行

為了擺脫這種隔除現實狀態——為了推遲它的來臨——我試圖用一種壞脾氣把自己和世界聯繫在一起。我要找些東西

議論一番：「到達羅馬之後，我發現，在我眼裡整個義大利都糟透了；櫥窗裡沒有一樣商品討人喜歡；10年前我曾在孔道弟大街買過一件絲綢襯衫和夏天穿的絲襪，現在我走遍大街，只看見廉價超市的貨色。在機場，計程車司機要了我一萬四千里拉（本該是七千），因為恰逢『基督聖體節』。這個國家遭受了雙重的失敗：它未能取消階級的劃分，但卻摧毀了品味的差別，等等。」我只要再稍微過分一點，那麼，曾使我保持活力、把我與世界聯繫在一起的這種好鬥性就會變成「無依無靠」：我進入了「隔除現實」的死水潭。「這是假日，人人都說個不停，有如陳列品（言語不就是陳列狀態嗎？），都是闔家出動，戴著面具，憂鬱而又騷動不安的人們，等等。」我是多餘的人，而我的死心有雙重的意思：我被拒之門外，但門裡頭的東西也並不吸引我。還有這種表達的方式，它用最後一根語言的繩索（使用正確句子的繩索）將我繫在逐漸隱遁、冷卻的現實的邊緣，這個現實就像維特眼裡那種精緻漆器（今天的大自然就是城市）。

4.權力系統

我把現實當作一個權力體系來承受。高呂士，飯館，畫家，假日的羅馬，所有這一切都把它們的存在體系強加給我；他們是沒教養的。粗野無禮難道不是一種充實嗎？世界是充實的，充實就是它的體系，而這體系最大的「不敬」就在於：它

作為「自然界」呈現在我面前，我必須跟它保持良好的關係：為了顯得「正常」（除了愛情之外），我應該覺得高呂士有趣，J飯館很好，T的畫很美，「基督聖體節」很熱鬧；不僅要忍受權力，還要跟它建立親密關係：「愛」現實？還有比這更讓戀人噁心的事嗎？就像聖瑪麗森林修道院裡的覺絲蒂娜一樣②。

只要我還覺得世界是敵對的，那就表明我依然和它聯繫在一塊：我沒發瘋。可有些時候，當我的壞性子耗盡時，我就沒有任何言語了：世界並不是「不現實」的（自然有一些不現實的藝術，而且是偉大的藝術），而是隔離，消除了現實的：現實從這世界隱遁，無影無蹤，以致我對它不再有任何感覺（沒有理式世界）；我無法界定我和高呂士、飯館、畫家以及假日的羅馬之間的關係。在我和某一個政權之間能有什麼關係，倘若我既非其奴隸，亦非其同謀，更非其證人？

5.玻璃窗

我坐在咖啡館裡，透過玻璃，可以看到馬路那邊牆上的高呂士，一動不動，彷彿憋足了勁要做出古怪的樣子。我覺得他是個二流的呆子：癡不癡、乖不乖地去裝白癡。我的目光就像死者的目光那樣，不能改變；不論什麼戲劇性的表演，哪怕是那種吃力不討好的表演，都沒法引起我取笑的興致；我不接受任何擠眉弄眼的暗示；我跟一切「有聯合傾向的情感交流」③無

緣，海報上的高呂士不能使我與之產生交流：我的意識被咖啡館的玻璃隔成兩截。

佛洛伊德

6.不現實與隔除現實

有時候，世界是非現實的（我並不一概而論地談論這種情況），有時候，世界又是隔除了現實的（要說出這一點，實在困難）。

這是現實隱遁的兩種不同方式。在第一種情況下，我對現實的拒絕是透過某種幻想表現出來的，我周圍的一切，相對於一種功能，即想像來說，都在改變價值；戀人因此「與世隔絕」，在他眼裡世界不再是現實的了，因為他在幻覺中同時看見了自己愛情的種種離奇曲折和幻境；他沉浸在意象中，相形之下，一切「現實」都只會煩擾他。在第二種情況下，我也同樣失去現實，但是任何想像的替代物都不能彌補這種失落：坐在高呂士的海報前，我並不「夢想」（甚至不想對方）；我並不在想像中。一切都凝滯了，僵化了，紋絲不動，也就是說，是無法替代的了；想像被暫時禁錮起來了。在第一種情況下，我是個神經官能症患者，我把世界非現實化了；在第二種情況下，我是瘋子，我隔離、消除世界。

拉岡

（然而，假如我借助某種寫作技巧而終於能夠說出這個死亡，我就開始重新生活了；我能提出反命題，發出歡呼，我能歌唱：「天空是多麼藍啊！希望又是多麼巨大！希望被征服

維爾倫

了，朝著黑色的天穹遁去」，[5]等等。）

7.在洛桑火車站的餐廳

非現實被大談特談（成千上萬的小說、詩歌）。但是隔除現實則不能提及；因為，假如我說到它（哪怕我只用一句很笨拙，或者是文學色彩很濃的句子來表達），那就意味著我已脫離了「隔除現實」。我在洛桑火車站的餐廳裡：鄰桌有兩個澳洲人在聊天；突然，我墜入了隔除現實的深淵；這墜落，我能迅速賦予它一個符號；我自忖，所謂隔除現實就是：「一個帶瑞士口音的人在洛桑火車站餐廳說的乏味的陳詞濫調。」忽然又跳出一個非常生動的現實取代了這一深淵：這就是句子的現實（一個寫作的瘋子根本不可能完全發瘋；這是個弄虛作假之徒，不可能有什麼歌頌瘋狂的頌詞）。

8.事物的幼稚的反面

有時候，一閃念間，我會幡然醒悟，並使我的墮落發生逆轉。由於焦躁地等在國外一家陌生的大旅館的房間裡，遠離自己熟悉的小圈子，一個強有力的句子會突然浮現出來：「但我在這幹嘛？」這一來愛情就成了被隔除的現實了。

（「事物」在哪兒？在戀愛境界中還是在世俗天地裡？

勞雷阿蒙 ❹　「事物的幼稚的反面」⑥又在哪兒？何為幼稚？是「吟誦厭倦、苦痛、憂愁、哀怨、死神、陰影、黑暗」，等等——似乎這就是戀人所做的一切——？或者剛好相反：說話，聊天，饒舌，談天說地：世上的暴力，衝突，賭博冒險，它的普遍狀態——就像其他人所做的那樣？）

譯注：
❶ 這個詞（déréalité）詞典中找不到也許是作者所創；即將現實réalité加上首碼dé；這個首碼在法語中表示「分離」，「解除，去除」，在這裡的意思大約是與現實世界隔離、「消除現實世界」；它與「不現實」（irréel）不同，其區別在本篇的第六節中提及。
❷ Coluche（1944-1986），法國極有影響力之諧星。
❸ 指法國作家沙特的第一部小說《噁心》（la Nausée）。
❹ 勞雷阿蒙（Isidore Ducasse Lautréamomt，1846－1870），法國作家，被視為超現實主義的先驅；作品有《瑪律多羅之歌》（Les Chants de Maldoror）。

原注：
① 《少年維特的煩惱》。
② 薩德《覺絲蒂娜或美德的厄運》（Justine ou les Malheurs de la Vertu）。
③ 佛洛伊德：有聯合傾向的情感交流；佛洛伊德論催眠狀態的歇斯底里。
④ 拉岡《論文集》卷一。
⑤ 維爾倫（Verlaine）《情感集》，「愛情的節日」。
⑥ 勞雷阿蒙（Lautréamant）語。

小說／戲劇

戲劇。戀人沒法寫出自己的愛情小說。也許只有一種古老的
形式能夠記錄他誦讀，但無法敘述的事情。

1.不可能的日記

維特　　在寄給友人的書信中，維特敘述自己生活中發生的事情以
及他的情欲所產生的結果；但那是文學在支配著這種混合。因
為我要是寫日記的話，人們可以懷疑這日記交待的是否真是純
粹的事件。戀愛生活中發生的事情是如此瑣碎，以致人們只有
通過巨大的努力才有可能變其為寫作：有些事情平淡乏味，一
寫到就讓人氣餒：「我碰到了X……有Y陪著……」，「今天，
X沒有打電話給我」，「X……的心情不好」，等等：有誰會認
為那是個故事？微不足道的小事只能靠著它引起的巨大反響而
存在，那是記錄我的反應的日記（我的憂傷、快樂、解釋、理
智以及我的心猿意馬等等）；有誰能理解這些東西？也許只有
對方能寫出我的小說。

2.已經發生了的故事

作為敘述，愛情是一個自我實現（如同宗教所說的「天意如此」）的故事：這是一個計畫，一個必定會完成的計畫。相反，對我來說，這故事已經發生了；因為，所謂事件，就是指我經歷過的僅有的一次心醉神迷——我曾經被迷住，而且隨後一再重複（但並未成功）其影響。宣洩是一種戲劇，假如我們將尼采賦予該詞的原義再物歸原主的話：「古代的戲劇追求宏大、誇張的場面，這就排斥了動作情節（不是發生在舞臺表演之前，就是退避到表演的背後）」。[①] 戀人的狂喜（純粹的催眠時刻）發生在表述之前和意識前臺（即清晰明確的意識）的後方；戀愛事件帶有聖事的特徵：這是關於我自身的傳說，是我對自己誦讀的、我個人的聖潔的小故事，而誦讀一件已告完成的事情（已經凝固、塗上香料保存起來、並且脫離了一切實踐行為）就是戀人表述。

尼采

原注：
① 尼采《華格納事件》。

切膚之痛

切膚 ❶。這是戀人特有的敏感性;這就使他變得脆弱,經不起最輕微的傷害。

1.「脆弱」部位

佛洛伊德　　我是個「易怒而又心存戒心的人」①。我沒有皮膚(除非那是為了接受愛撫)。談到愛情,那就別提什麼羽翼豐滿了,戀人只能是無皮漢——不妨借用蘇格拉底在《斐德若》中那戲謔的稱呼。

　　同一塊木料,木質的軟硬並不一定完全相同,要看在哪兒下釘子:木質不是各向同性的。我也一樣,我有我的「脆弱部位」。標有這些部位的圖表,只有我自己知道;我正是參照著這個圖表行事,以避免或是設法去做這件或那件事情;我遵循的是表面看來莫名其妙的指引;我甚至想從預防的角度出發,將這幅標有我精神穴位的針灸圖表分發給我的新相識(但願他R. H.　　們別利用它來加深我的痛苦)。②

2.開不得玩笑

為了找到木頭的紋路（假如你不是木匠的話），只要釘個釘子，看看它是否能鑽進去就行了。若要考察我的脆弱點，有一種和釘子的作用相仿的工具，就是玩笑：跟我開不得玩笑。想像其實是件嚴肅的事情（但跟所謂的「認真的精神」毫不相干，戀人並不那麼「正兒八經」的）；月亮上的孩子（愛幻想的人）並不貪玩；③ 同樣，我也和遊戲無緣，不僅因為遊戲可能會刺中我的某個脆弱部位，更有甚者，別人用來逗樂的東西在我看來全是險惡的；人們不可能逗弄我而不冒風險，是易怒，還是過敏？——不如說是太嫩了點，太鬆軟，就像某些木料的纖維。

（受想像擺佈的戀人「並不陷入」能指的遊戲：他很少夢想，也不愛舞文弄墨。倘若提筆的話，他的寫作顯得平滑，有如一個意象，總是想重新建立一個用文字組成的容易閱讀的表面：總之，相對於現代文本來說，這種文體已經過時了——現代文本是反其道而行之，它是由「摧毀想像」來界定的：小說虛構不復存在，模擬意象一去不返：因為模仿、反映和相似是吻合的諸形式：都已經過時了。）

威尼考特

譯注：
❶ 原指「剝了皮的」，「沒有羽毛的」，意即易受傷害。

原注：
① 佛洛伊德《精神分析學論文》，第32頁。
② 與友人R.H.的談話。
③ 威尼考特（Winnicott）《分析片斷》（由J.L.B.加以評注）。

難以言傳的愛

寫作。誘惑，內心衝突，還有絕境；這一切皆因戀人要在某種「創造」〔特別是寫作〕中「表達」戀情的欲望而生。

1.愛與創作

會飲篇 有兩個強有力的神話曾經使我們相信愛情能夠、應該在美的創造中得到昇華：蘇格拉底神話（愛有助於「產生各種各樣美妙的表述」）①和浪漫主義神話（寫下我的激情就能創作出一部不朽的著作）。

　　然而，雖說維特畫過不少好畫，他卻無法畫出夏洛蒂的肖
維特 像（他頂多只能勾勒出曾使他銷魂的側影）。「我失去了……神奇的活力；從前，靠著這力量，我曾創作出周圍的世界。」②

2.恰如其分

　　秋涼，滿月，

俳句

漫漫長夜，

沿著池塘，

我獨徘徊。③

　　要表達惆悵的情懷，沒有比「漫漫長夜」這樣一句間接文
體來得更傳神的了。要不我也來試一試？

夏日的早晨，

晴朗的海灣，

我出門去

採束紫藤。

　　或者：

夏日的早晨，

晴朗的海灣，

我久久地坐在桌前，

什麼也不幹。

　　再不然：

今天早上，

晴朗的海灣，

我呆呆地坐著，

思念著遠方的人。

不是什麼都表達不了，就是表達得過了頭：沒法做到恰如其分。一面是很晦暗的俳句，概括一個異乎尋常的情境，一面是大堆平庸的辭藻，我的表現欲搖擺於兩者之間。要說寫作，我自己不是太龐大，就是太軟弱：我處在寫作的旁邊。它（寫作）總是那樣精練，那樣強烈，它對我這個稚拙者的懇求無動於衷。誠然，愛情與我的言語（言語談論愛情 ❶）有一定的聯繫，但愛情無法在我的寫作裡面安身。

3.寫作與想像

我沒法寫自己。這個要寫出自己的自我究竟是什麼；隨著自我漸入寫作之境，他感到氣餒，覺得自己變成了廢物；由此產生出一種日趨嚴重的貶損——對方的形象也被逐漸捲入其中，不能倖免（寫關於某某事物，不就意味著使它「過期作廢」嗎？）——，產生出某種厭惡，其必然結果只能是「這有什麼用？」阻礙戀人的寫作的，是有關表達性質的幻想：作為作家——我自認為是作家——我不斷在言語的種種效果上欺騙自己：我不明白「痛苦」一詞並不表現任何痛苦，也不知道，運用這個詞也就意味著不僅什麼都交流不了，而且它立刻會讓人生厭（尚且不談這多麼荒謬）。得有人告訴我，人們一旦開始寫作，就不得不放棄其「真誠」（還是那個奧菲神話：不要

回頭）❷。寫作對作者的要求——同時任何一個戀人要達到這一要求就不能不導致自身的分裂——是犧牲一點他的想像，並通過他的語言來確保有那麼點現實的升騰。④我能製作的，無非是一種關於想像的寫作；而要做到這一點，我就得放棄關於寫作的想像——讓我用語言去工作，承受這語言強加於戀人及其對方組合而成的雙重意象上的種種不公正（種種侮辱）。

沃爾

想像的言語只能是言語的烏托邦；那是完全原始的、天堂的言語，是亞當的言語，它是「自然的，剔除了畸形或幻想，是我們感官的明鏡，肉感的言語：在肉感言語中，所有的人互相交談，不需要任何別的言語，因為這是自然的言語」。⑤

波海姆

4.不能分割

布枯爾什里葉夫

要想寫愛情，那就意味著和言語的混沌發生衝突：在愛情這個癡迷的國度裡，言語是既過度又過少，過分（由於自我無限制地膨脹，由於情感氾濫）而又貧乏（由於種種規約、慣例，愛情使言語跌落到規約、慣例的層次，使它變得平庸）。面對夭折的兒子，馬拉美要提筆寫作，就只能忍受與親人的分離：「母親哭泣，而我沉思。」⑥但戀愛關係把我變成了一個無法歸類的人，一個尚未被分割的人；我是自己的孩子；我既是（自己的、對方的）父親，又是母親；我又怎能去分裂我的工作呢？

5.書寫並非交換

　　一旦明白我們並非為了對方而寫，而且我將要寫的這些東西永遠不會使我的意中人因此而愛我，明白寫作不會給你任何回報，任何昇華，它僅僅在你不在的地方──這就是寫作的開始。

譯注：
❶ 談論（entretenir）也作「維持」解；參見「交談」篇注 ❶。
❷ 參見〈結合〉篇的注 ❶。

原注：
① 《會飲篇》。
② 《少年維特的煩惱》。
③ 俳句：巴叟（Bashó）作。
④ 沃爾（François Wahl）：「沒有人能上升到他的語言而不犧牲一點他的想像，正因如此，語言中勢必有某種東西是從現實起步的。」《衰敗》（Chute）。
⑤ 波海姆（J.Boehme）語，轉引自布洛恩（N.Brown）所著《愛神與死神》。
⑥ 布枯爾什里葉夫（Boucourechliev）《哀歌》；根據馬拉美（Mallarmé）的詩《阿納托爾之墓》作曲。

幽舟

遊蕩。儘管戀人認為他經歷的愛情是絕無僅有的，並且不相信以後在其他場合會重複這愛情，他仍時不時地忽然感覺自己身上會出現情欲的發散；他這才明白自己命中註定要在愛情中遊蕩，從這一個到那一個，直至生命的終結。

1.愛情的消失

戀愛是怎麼結束的？——什麼？愛情完了？總之，誰都弄不清楚，除非是局外人。有種天真無知遮住這愛的終結，這個按照永恆法則來孕育、肯定和體驗的愛情；不管戀愛對象變成什麼，他／她消失也好，變成普通朋友也好，我反正是看不清的；結束了的愛情有如一隻不再閃爍的飛船，它遠遁到另一個世界去了；本來愛戀對象就如一片嘈雜聲嗡嗡作響，可忽然間喑啞了（當你尚在預測對方要消失時，那就說明對方絕沒有消失）。這一現象起因於戀人表述的局限：我（戀人）不能說出自己的、完整的愛情故事；我是個只能起頭的詩人（敘述者）；這個故事的結尾，正如同我自身的死亡一樣，只有別人知道，只有別人能將我的愛情及其結局寫成小說，寫出外在的、神祕的敘述。

2.菲尼克斯

我老在忙活——我就是要忙活，不管別人說什麼，也不管自己有多洩氣，彷彿終有一天愛情會讓我心滿意足，彷彿至善是可能的。由此產生出這種奇怪的辯證法，它使絕對的愛毫不費事地接替絕對的愛，彷彿我通過愛達到了另一種邏輯（「絕對」不再局限於唯一），達到了另一種時間（從一次戀愛到另一次戀愛，我經歷了垂直的時刻），達到了另一種音樂（這音沒有記憶，非人為構造排列，對其前面及後面的音都不記得，這音本身就是樂音）。我尋覓，我開始，我試探，我走得更遠，我奔跑，但我始終不知道我了結了什麼：提到菲尼克斯❶，人們從不說「它死了」，而是說「它復活了」（如此說來，我能不死就得到再生嗎？）。

我並不滿足，但也不想自殺，因此戀人的遊蕩就是命中註定的事。維特自己就認識到這一點——從「可憐的雷奧諾爾」到夏洛蒂；不錯，這事情最終出格了；但他倘若不死的話，還會對別的姑娘重複同樣的信的。

維特

3.一個神話

戀人的遊蕩總有點喜劇的色彩：這有點像芭蕾舞，隨著不忠誠的戀人的多變，而多少顯得有些輕快；①但這又是一部大型歌劇。該詛咒的荷蘭人被判終年在海上遊蕩，不找到那個永

R. S. B.

華格納 遠忠誠於他的妻子，永不甘休。② 我就是這個漂泊的荷蘭人 ❷；我不能停止遊蕩，這是因為很久以前，還在遙遠的童年時代，我就被畫押獻給了想像之神，使我深受話語衝動之苦，不停地說「我愛你」，不停地漂流，直到某個對方接受這句話，並給我回覆；但誰也無法承擔不可能實現的答覆（無法成立的完全性），於是，遊蕩繼續進行。

4.微妙的差別

在人的一生中，愛情中的所有「失敗」都很相像（原因：它們都起源於同一個缺陷）。X……和Y……不懂（不能，不願）答覆我的「求愛」或是與我的「真實」合而為一；他們不對自己的系統作丁點兒改動；對我來說，這一個只是在重複另一個。然而，在X……和Y……之間又是無法進行相互比較的；貢斯當 我正是在他們的差別之中——在某種不斷更新的差別中——發掘著從頭開始的精力。這種「持續不斷的可變性」③——它賦予我活力——非但不會將所有我碰到的那些人壓入同一個功能模式，而且還會把他們虛假的一致性猛烈撕開；遊蕩並非梳理排列，它只會導致繽紛的異彩：那重新出現的，就是細微的差別。我就是這樣從一個細微差別走向另一個細微差別，直至掛毯的盡頭（細微差別，就是色彩的難以名狀的終極狀態；細微差別，就是無法處理的）。

譯注：
❶ 指鳳凰。
❷ 漂泊的荷蘭人（le Hollandais Volant），西方傳說中註定在海上漂流到上帝最後審判日的荷蘭水手。

原注：
① 與R.S.B.的談話。
② 華格納的歌劇《漂泊的荷蘭人》。
③ 本傑明・貢斯當（B.Constant）語。

「在你溫柔寧靜的懷抱中」

摟抱。對戀人來說,摟抱這個動作似乎在某個時刻實現了他與愛偶完美結合的夢想。

1.進入夢鄉

在交歡之外(當想像遠在天邊時),有著另一種摟抱,一種靜止不動的摟抱;我們著了魔,完全迷醉了;我們在夢中,但又是清醒的;我們感受到孩提時代即將入睡時所有的那種快感;那是聽講故事的時刻,是聲音的時刻,這聲音使我發愣,使我暈乎,這是向母體的復歸(「在你愛撫、寧靜的懷抱中」,杜巴爾譜曲的一首歌中有這樣一句詩 ①)。在這被送回的亂倫者身上,一切都懸停了;時間、法律、禁忌,什麼都不缺,什麼都不要;一切欲念都蕩然無存,因為它們好像得到了決定性的滿足。

杜巴爾

2.從一種摟抱到另一種摟抱

然而，生殖會不可避免地出現在這嬰兒的摟抱中；它打斷了亂倫的摟抱所產生的模糊快感；欲望的邏輯開始行動，佔有欲重新抬頭，成人疊印到兒童身上。我因此成了兩個人；既要母親，又要生殖。（也許可以給戀人這樣的定義：一個陰莖勃起的孩子，就像小愛神那樣。）

3.滿足

這是肯定的時刻；雖說在某個時間內，它確實完結了，被打亂了，但也得到了某種成功。我滿足了（因為我所有的欲望都得到了滿足，欲望也就不復存在了），滿足存在著，我不斷將它找回來：穿過愛情故事的種種迂迴曲折，我孜孜於追尋、更新這兩種摟抱的矛盾——縮合。

原注：
① 杜巴爾（Duparc）《憂鬱的歌》，根據拉奧（J.Lahor）的詩譜曲。這是糟糕的詩？
但「糟糕的詩」將戀人置於僅僅屬於他自身的話語範疇：表達。

想像之流亡

流亡。一旦決定捨棄戀愛狀態，戀人便會憂傷地感到遠離了自己的想像。

1.流亡

維特

　　我以這個正在胡思亂想（處在虛構中）的維特為例，那會兒他正打算放棄自殺的念頭。那樣的話，他就只剩下流亡這一條路了：這並非意味著遠離夏洛蒂（這個，他已經試過一回了，毫無用處），而是遠離她的形象，或者更糟，耗盡人們稱之為想像的那種令人癡迷的能量。於是開始了「一種類似長期失眠的狀態」①。這就是付出的代價：意象的死亡換來我的生命。

雨果

佛洛伊德

　　（戀人的激情是一種迷狂；但迷狂並不怪誕；人人都在談論它，於是它就變得容易接近了。令人迷惑不解的，是迷狂的消失：回到哪兒去呢？）

2.哀悼形象

在現實的哀悼中，是「實實在在的災難」向我證明愛戀對象已不復存在。戀人的哀痛則不同：對象既未死去，也未遠離。是我自己決定愛戀對象的形象應當死去（也許，我甚至會對他／她掩飾這種死亡）②。在這種怪誕的哀悼延續的整個階段中，我得忍受兩種截然相反的不幸：我因對方的存在而痛苦（他／她繼續傷害我，儘管不一定是有意的），同時又為他／她的死亡感到悲傷（至少我曾經愛過這個人）。就這樣，我因為等不到對方的電話而焦慮，同時又對自己說，這沉默，不管怎麼說，是無所謂的，既然我已經決定丟棄這種牽掛，我關心的只是與愛戀對象形象相關的電話，一旦這形象完蛋了，電話鈴響與否都毫無意義了。

（這哀悼的最敏感之處，莫過於我不得不失去一種言語——戀人的言語。不能再說「我愛你」。）

3.憂鬱

形象的消亡：在我沒法做到的情況下，這事情使我焦慮，可一旦做到了（使形象毀滅了——譯者注），我又會憂傷。如果說想像的流亡是「痊癒」的必由之路，那麼應該看到這種進步是令人悲傷的。這種憂傷並非傷感——至少不是完全的傷感（沒有一點臨床症候），因為我既不自怨自艾，也不自暴自

佛洛伊德

棄。我的憂傷處於傷感的邊緣：愛戀對象的失去只是抽象的。③
雙重的失落：我甚至不能用我的不幸作為投資，就像我戀愛那
會感到痛苦那樣。那時候，我充滿欲望、夢想，我鬥爭；我面
前有著幸福，只是由於種種意外，它姍姍來遲而已。如今，震
盪不復存在；一切都很平靜，但這樣更糟。儘管有這樣的功利
打算——形象的死是為了我的生——戀偶形象的死亡不免帶來
餘波，有一個詞會反覆出現：「多可惜！」

4.雙重的哀悼

　　愛情的證明：我為你犧牲了我的想像——有如人們用秀
髮做信物。這樣我也許能達到（至少人們這麼認為）「真正
的愛情」。假如在戀愛危機和分析療法之間有著某種相似之處
的話，那就是我捨棄我的愛人，就像病人捨棄他的分析醫師
一樣：我擺脫我的移情，而治療和發作也就結束了。然而，有
人指出，這一理論並未注意到分析醫生自己也應該捨棄他的病
人（否則分析就可能變得沒完沒了）；同樣，愛戀對象——假
如我向他犧牲一個想像，而這想像又糾纏住他——會掉進因他
自己的衰退引起的傷感。①那麼，為了與我的捨棄保持一致，就
應該預見並且承擔對方的傷感，並且，我因此而痛苦，因為我
還愛著他。
　　捨棄的真實動作，並非因失去愛戀對象而痛苦，而是因
為某一天，在戀愛關係的表面被證實存在有那麼一個小小的斑

公巴尼翁

點，它出現在那兒，就像一次死亡的症候：我第一次傷害了所愛的人，這當然不是故意的，但我也並不是在失去理智的、瘋狂的情況下這樣做的。

5.重新燃起

我試圖擺脫戀人的想像，可是，想像卻在下頭悶燃，就像沒有熄滅的煤重又開始燃燒；被捨棄的東西重又冒出來：從那沒有堵死的墓穴中突然發出一聲長嘶。

佛洛伊德

威尼考特

（嫉妒，焦慮，佔有，表述，口味，符合，戀人的欲望又一次到處點燃。⑤ 這就好像我要最後一次瘋狂地擁抱一個即將消失——即將被我棄絕——的人：我拒絕分離。⑥）

原注：
① 雨果：「流亡就像長期的失眠。」《石》。
② 佛洛伊德：「悲傷迫使我捨棄對象，宣稱對象已死，以此來增強自我保全的力量。」《心理玄學》。
③ 佛洛伊德：「在有些情況下，我們可以看到，『失去』從本質上說是不那麼具體的，比如對象並未眞正死去，人們失去的是僅僅作爲戀偶的對象……」《心理玄學》。
④ 公巴尼翁（Antoine Compagnon）：《孤兒分析》。
⑤ 佛洛伊德：「這種反抗有時會如此強烈，以致主體會因此而偏離現實，並靠了由欲望引起的幻覺（精神病）而抓住已經失去的對象。」
⑥ 威尼考特：「恰恰在失去被感覺到之前，人們可以在孩子身上辨識出，由於過分使用過渡對象，孩子便不再害怕這對象會失去其意義」。《遊戲與現實》。

橘子

惱火。當戀人看到愛戀對象的興趣被其他的人、物品或事情——在戀人眼中這都是他的次要的對手——所吸引或轉移，不免感到有點醋意。

1.不知趣的鄰居

維特：「我放在一邊的橘子，也就是僅剩下的那些，造成了極妙的效果，可她出於禮貌，每吃一片都要送上一片給那不知趣的鄰座，這真叫人傷心。」①

世上到處都有不知趣的鄰居，而我卻不得不與之分享對方。世界恰恰就是這樣：就是被迫分享。世俗社會就是我的對頭。我不斷受到一些討厭鬼的麻煩：一個偶然相逢的泛泛之交硬是要坐在我的桌旁；飯店裡那些鄰座粗俗的言談舉止顯然吸引著對方，以致他／她甚至聽不見我是否在跟他／她說話；一樣東西，比如說一本書，對方會全神貫注地沉浸其中（我妒忌這本書）。所有這一切，只要是剎那間便會損壞兩人關係、破壞私情或拆散這種依附關係的，都叫人惱火，這世界說：「你也是屬於我的。」

2.惱火

　　出於禮貌，或者就算是出於好心吧，夏洛蒂和別人分享了橘子；但這些理由都不能使戀人平靜下來：「我真是吃力不討好，給她留的橘子，她卻拿去分送給別人。」維特興許會這麼想。一切屈從於習俗的舉動彷彿都出於愛戀對象的乖巧，而這種乖巧則破壞了他／她的形象。這是無法解決的矛盾：一方面，夏洛蒂確實應該是「善良的」，既然她是完美的對象；可另一方面，這善心卻不該毀了我的特權，這個構成我之所以為我的特權。這個矛盾又變成了模模糊糊的怨恨；我的妒忌並不十分明確：它既衝著不知趣者，同時又衝著愛戀對象；他接受不知趣者的要求，而且並不顯得苦惱；我對他人感到惱火，對對方惱火，也對自己惱火（由此可能導致「大鬧一場」）。

原注：
① 《少年維特的煩惱》。

退隱 ❶

退隱。這是戀人的一種痛苦的感受。他感到愛戀對象似乎要避免一切接觸,而這種莫名其妙的冷淡又並非就是針對戀人的,不是為了其他什麼人,包括情敵在內,而故意對戀人冷淡。

1.這是褪色的,褪了又褪的

在文本裡面,各種聲音的退隱並非不是好事情;敘述的各種聲音熙來攘往,漸漸消失,重疊交織在一起;讀者弄不清究竟是誰在說話,反正有人說就行了:形象不復存在,除了言語,什麼都沒有了。可是對方卻不是什麼文本,那是個形象,一個統一聚合的形象;倘若對方的聲音消失了,那整個形象也就消失了(愛情是單一邏輯,是偏執的,而文本則是異質邏輯,是倒錯的)。

對方的退隱使我焦灼不安,因為這事情好像無緣無故的,讓人摸不著頭腦(沒有前因後果)。對方恰如一幅陰鬱的幻景,悄然離去,遁入無限,而我則竭盡全力去追逐他/她。

(當這種服裝還是最時髦的時候,有家美國公司大肆吹噓自己的牛仔褲的褪色藍:這是褪色的,褪了又褪的。同樣,愛

戀對象也是不斷地在消隱、淡化：瘋狂的感情，瘋狂愈烈，則感情愈純。）

（令人心碎的退隱：普魯斯特小說中敘述者的祖母在彌留之際變得神情恍惚，既聽不見也看不清，她已認不出自己的孫子了，看著他的時候會流露出「驚愕、疑慮、反感的神情」。）①

普魯斯特

2.嚴厲的母親

有時會有這樣的噩夢：母親出現在眼前，神情嚴厲冷峻。愛戀對象的退隱，就是不祥的母親的那種可怕的回歸，是難以解釋的愛情的消隱，是神祕主義者所抱怨的遺棄：上帝存在，母親存在，但他們不再愛了。我並未被摧毀，而是被丟棄在那兒，猶如一堆廢物。

3.欲望

嫉妒尚不至於叫人那麼痛苦，因為對方至少還是生動的。但是在退隱中，對方好像失去了一切欲望，他／她被黑夜吞噬了②。我被對方遺棄了，不過，這是雙重的遺棄：對方本身也被這遺棄所攫住了；他／她的形象彷彿褪色了，被清除了；我找不到任何東西來支撐自己，因為我感覺不到對方的任何欲望，哪怕是對其他人或物的欲望都不復存在：我是為一個正在居喪

讓‧德拉克魯瓦

的對象服喪（由此，不難理解，我們多麼需要對方有欲望，哪怕這欲望的對象並不是我們自己）。

4.退隱

　　當對方陷入退隱、無緣無故（或者說是由於某種焦慮——連他／她自己也說不清、道不明，只能用「我感到不舒服」這樣貧乏的字眼來表示）地消隱時，他／她就彷彿在遙遠的雲霧中移動，他／她並沒有死去，而是幽幽地活在冥府；尤里西斯曾經訪問幽靈，並召喚他們，其中也包括他母親的幽靈；③我也是這樣呼喚、召喚對方，召喚母親的，但喚來的只是一個幽靈。

奧德賽

5.聲音

　　對方的退隱保持在他／她的聲音裡。聲音承擔、顯示，並且可以說完成愛戀對象的消失，因為死亡是屬於聲音的。造成聲音的東西，正是聲音裡令我心碎的東西；說它令我心碎，是因為它註定要消亡，彷彿聲音永遠只能是一個回憶。這聲音的幽靈，就是變音轉調。一切聲音都由音調的變化來限定；而音調的變化，就是正在沉寂下去的東西，是正在分散消失的音核。我所認識的愛戀對象的聲音，從來就是死的，是在我腦海

的追憶中認識的聲音，微弱細小的聲音，卻又像紀念性建築物一般宏偉，大得令人吃驚；它屬於這類物體：它們只是在消失之後才獲得存在。

（沉睡的聲音，空曠寂寥的聲音，這聲音所表現的是客觀描繪的遙遠的事情，是蒼白的命運。）

6.疲憊

沒有什麼比自己所愛的、卻又是疲憊不堪的聲音更令人悲痛的了；精疲力竭、單薄微弱、有氣無力的聲音，彷彿來自世界的盡頭，馬上又要沉入遙遠冰冷的水中去了；這是即將消逝的聲音，猶如疲倦的人就要死去；疲倦，就是無限本身，它不停地在消亡。這短促的聲音，因過於單薄而變得難聽；我所愛慕卻又無法接近的聲音中近乎虛無縹緲的東西成了我身上一個鬼怪的塞子，就好像外科大夫往我的腦袋裡塞進了一個大棉花球。

7.電話

佛洛伊德好像不太喜歡電話，然而他卻愛聽。也許，他感到或預見到電話始終是一種噪音，它傳送的是有害的話音，是謬誤的交流？也許，我試圖用電話來否認分離——正像害

佛洛伊德

怕失去母親的孩子不停地玩耍、擺弄一根細繩子⑤；可是電話線並非理想的傳導體，這不是一根毫無生氣的繩子；電話線擔負的意義，並不在於連接，而在於距離；電話裡聽到的是為我所愛的、卻又疲乏無力的聲音，這是最讓人焦慮不安的退隱。首先，當這聲音傳入我的耳朵時，當它還在那兒，還在（艱難地）延續時，我無論如何別想完全認出它來，彷彿它是從一個面具後面傳出來的（所以古希臘悲劇中的面具似乎有某種神奇的功能：聲音好像出自鬼神之口，變得古怪、不自然，猶如陰曹地府之鬼聲）。其次，在這樣的聲音裡，對方始終處於即將動身的狀態；他／她離去了兩次，他／她的聲音加上他／她的沉寂，該誰說話呢？我們一起陷入了沉默，充滿著兩個虛空。電話裡的聲音每時每刻都在說：我就要離你而去了。

威尼考特

（當普魯斯特小說中的敘述者打電話給他祖母時，感受到的正是這種焦慮：這是電話引起的焦慮：是愛情的真正的標記。）⑥

普魯斯特

8.聽之任之還是接受

我懼怕一切會損害形象的東西。因此我害怕對方的疲倦：它是我的對頭中最殘忍的一個。怎樣與之抗爭？我看到，精疲力竭的對方從這疲倦中摘取了一丁點兒以饋贈給我。但是面對這一丁點兒疲倦，我該怎麼辦呢？這饋贈究竟什麼意思：別纏著我？還是接受我？沒人回答，因為這贈送之物恰恰是不回答

之物。

布朗修

（在所有的愛情小說中，我唯讀到過一個疲倦的人物。唯有布朗修對我談到過疲倦。）⑦

譯注：
❶ 原文fading是英語，原指無線電信號的暫時衰減，此處用來表示戀人所感受到的愛戀對象的疲倦、隱退、消失，故權且譯作退隱。

原注：
① 詳見普魯斯特《追憶逝水年華》的第三卷《在蓋爾芒特家那邊》。
② 讓‧德拉克魯瓦：「我們將這種對任何事物都不再感到興味的狀態稱作夜。」轉引自J.巴魯茲所著的《聖讓‧德拉克魯瓦》。
③ 詳見荷馬史詩《奧德賽》卷十一。
④ 馬丁‧佛洛伊德《我的父親佛洛伊德》。
⑤ 威尼考特：我對那位母親解釋說，「她的兒子因為害怕跟她分離，便想通過玩線遊戲來否定這種分離，正像人們為了否定與某個朋友的分離而求助於電話一樣。」《遊戲與現實》。
⑥ 同注 ①。
⑦ 布朗修《從前的談話》。

過失

過失。為了日常生活中的一些不湊巧的事情，戀人覺得自己對不住愛戀對象，因此便感到一種負疚。

1.火車

「他們剛到火車站，他便瞥見了——儘管他沒有作聲——一塊指示二等車廂和餐車位置的招牌；那個位置似乎太遠了，在弧形月臺的盡頭。他便沒有預先帶X到那兒去候車——這畢竟是出於謹慎穩妥的考慮；他想，要是聽鐵路上那套規矩的使喚，那就太孬了，沒出息；比如仔細揣摩告示牌啦，生怕遲到，在月臺上大驚小怪啦，等等——這些不都是迂腐脆弱的表現嗎？再說，如果他搞錯了怎麼辦？像那些傻瓜，身上壓著行李，還要一顛一跛地奔過整個月臺，那該多蠢！而實際上發生的是：火車駛過車站，在老遠的地方停了下來。X匆匆地擁抱了他一下便撒腿奔了過去；就像那幾個穿著游泳衣的度假者一樣。過了一會兒，他便什麼也看不見了，只有最末一節車廂尾部的凸突部分，離開很遠。什麼表示都沒有（簡直不可能），連聲再見都沒顧上說。火車還沒開。而他卻不敢挪動，不敢離

開月臺。儘管像他這樣呆站著解決不了什麼問題。但只要火車還停在那裡，一種象徵的需要（連不起眼的象徵都有巨大的威力）便迫使他待在原地一動不動。於是，他木然地立著，愣頭愣腦，雙眼直勾勾地盯定遠處的列車。空蕩蕩的月臺再也不會有人來注意他了。終於不耐煩起來。巴望火車早一點開。但若是他先離開，這便是他的不是了，而且這過錯將長時間地讓他得不到安寧。」

2.「替自己著想」就是過失

考特吉亞

　　戀人的盡心要有一點不周便是過失。每次我對愛戀對象作出一點獨立的表示，便犯了這一過失；每當我為了擺脫低三下四的地位，試圖「替自己著想」時（人家都這麼勸我），我便會產生一種負疚感。而令我感到負疚的事情恰倒能使我輕鬆不少，減輕了我因關心愛戀對象所承受的沉重包袱——或簡單說，（像人們通常所說的那樣）「多管閒事」的負擔；事實上，逞能使我心虛，獨斷（或者說意味著獨斷的種種姿態）不當使我負疚。

3.痛苦原有的單純

　　尼采說，負疚感和過失感使人們對每一種痛苦和不幸都產

生錯覺：「我們已經使痛苦失去了原有的單純。」充滿激情的愛情（戀人的絮語）不斷受這種錯覺的掣肘。在戀愛體驗中，大概有一種單純的痛苦，單純的悲哀（如果我執著於內心珍藏著的單純的形象，如果我內心能重新體驗孩童的二元分裂——孩子與母親分離時的痛苦的話）；我便不再會追究使我痛苦的原因，我甚至有可能從正面肯定痛苦。這便是激情的單純之處：不是說毫無雜念，而是表現為不再追究過失。這樣，戀人便會像薩德的主人公一樣單純。❶而不幸的是，現實生活中的

戀人的痛苦在許多情況下都因徒增了過失感而加倍；我害怕另一個人「更甚於害怕我父親」。①

譯注：
❶ 薩德（Donatien Alphonse François Sade，1740—1814），法國小說家，指《美德的厄運》主人公（1799）等。

原注：
① 柏拉圖《會飲篇》：斐德若說：「戀人若有了過失，他覺得被自己情人覺察比他父親發現更使他難堪。」

「特定的日子」

節日。戀人感到與愛戀對象的任何一次相會都像是一次節日。

1.盛宴

節日，是被等待（可預見）的東西。我所期冀於即將來臨的節日的，是盡情地享樂和盛宴；我興高采烈得就像個孩子——對我來說，節日的來臨意味著縱情歡樂：我面對著的，是我的「一切幸福的源泉」。

拉岡

「我有過與上帝的臣民同樣幸福的日子；不管發生什麼事，我都不能說自己不曾享受過生活的種種歡樂，最最純潔的歡樂。」①

維特

2.生活的藝術

「昨天夜裡——我一提起這個就情不自禁地顫慄起來——我把她摟在懷裡，緊緊貼著我的胸膛，我不停地吻著她那輕吐柔情蜜意的雙唇，我的眼睛融化在她那迷人的目光裡！上帝

維特

啊，我心甘情願受到責罰，只要我現在仍然能夠感受這上蒼的福佑，以使我回憶這灼人的快樂，使我在心底裡重溫舊夢！」[2]

節日，對於愛幻想的戀人來說，是盡情享樂，而不是縱情歡呼：我享用美味佳餚，甜言蜜語，似水柔情，以及關於快樂的可靠保證：「生活在深淵之上的藝術。」[3]

（能「成為他人的節日」這種事難道對你來說無足輕重？）

讓-路易·布特

原注：
① 詳見《少年維特的煩惱》。
② 同上。
③ 讓-路易·布特（Jean-Louis Bouttes）《摧毀強度者》。

「我瘋了」

發瘋。戀人的腦子裡忽然掠過這樣的念頭：他發瘋了。

1.摘花的瘋子

我愛得發瘋，但並未狂到無法說出我的癡迷，我分割了自己的形象：在我自己眼裡，我是完全失去理智的人（我知道自己的迷狂），在他人看來，我只是顯得荒唐而已，我能非常理智地對他人講述我的瘋狂：意識到這種瘋狂，談論這種瘋狂。

維特在山裡碰到一個瘋子：他居然想在寒冬臘月採摘鮮花獻給他心愛的夏洛蒂。這個人，當他被關進瘋人院時，是幸福的：他對自己一無所知[1]。在這採花的瘋子身上，維特認出了自己的另一半；像他那樣愛得發瘋，卻又無緣達到無意識的（假設的）幸福，因為不能完全發瘋而痛苦。

2.看不見的瘋狂

人們認為任何一個戀人都是瘋子。但是誰能想像一個瘋子戀愛：絕不可能。我的瘋狂充其量只是一種貧乏的、不完全的瘋，一種隱喻式的瘋狂；愛情弄得我神魂顛倒，就像個瘋子，但我並未和超自然溝通，在我身上沒有任何神奇的東西；我的瘋狂無非是不夠理智，這很平常，甚至難以覺察；此外，它完全被文化所降伏；它並不使人害怕。（然而某些理智的人在戀愛狀態中會忽然預測到瘋狂近在眼前，即將臨頭：愛情也許會整個地湮沒在這種瘋狂中。）

3.我不是另一個

一個多世紀來，人們認為（文學的）瘋狂就在於這句話：「我是另一個」（韓波語）：瘋狂是人格解體的一種體驗。對於我，一個戀人，則完全相反：我之所以發瘋，是因為我不由自主地成了一個主體。我不是另一個：這就是我恐懼地觀察到的東西。

（禪宗故事：一個老和尚在炎炎赤日下翻曬蘑菇。「為何不叫別人來幹呢？」——「他人非我，我非他人。他人不能體驗我的行為。我應該身體力行。我應該體驗怎樣翻曬蘑菇。」）

我還是我，無法改變，我的瘋狂正在於此：我在故我瘋。

4.擺脫一切權欲

聖·奧古斯丁

擺脫了一切權欲的人是瘋子。什麼，難道戀人沒有感受到權欲的衝動？其實，我整天牽掛的就是屈從和支配：既依附於人，又要讓人依附於我；我以自己的方式體驗權力的欲望，統治的欲望②；難道我就沒有一種完美的表述，就好像各種各樣的政治體系，也就是說，一種靈活細膩而又鏗鏘有力的表述？同時，這正好體現了我的奇特之處，我的絕對封閉的欲望（libido），除了戀愛雙方的爭鬥之外，我不佔據任何別的空間，沒有任何外部的原子，或者說，沒有任何群體原子，我的瘋狂並不意味著我很獨特（那無非是以適應社會為目的的一種拙劣的狡詐罷了），而是因為我與一切社會性絕緣。如果說別人或多或少總是在為爭得某種東西而奮鬥，我可不想仿效，我不想捍衛任何東西，哪怕是我的瘋狂：我絕不社會化（正像人們在提某某時說「他並不象徵著」一樣）❶。

（也許從這兒可以見出戀人身上非常奇特的分離，即強力意志和權力意志的分離——前者標誌著戀人的力量的質，而後者則從這種力量中消失？）

譯注：
❶ 社會化（socialiser），指「與⋯⋯合群」，適應社會生活；象徵著（symboliser），原意是「與⋯⋯相一致，相適合」，在此意義上，這兩個詞有相通之處。——譯者注

原注：
① 詳見《少年維特的煩惱》。
② 聖奧古斯丁：感官的欲望，求知的欲望，統治的欲望；轉引自聖勃夫《波爾－羅雅爾修道院史》，第二卷。

「尷尬相」

窘迫。一個眾人場面，其中暗含的戀愛關係造成了拘束，引起了大家的尷尬，儘管沒人吭一聲。

1.意味深長的場面

維特（就在他自殺前不久）正在與夏洛蒂鬧得不可開交，這一情境被阿爾貝特的到來打斷了。誰也不吭一聲。三個人在房間裡踱來踱去，都是一副尷尬相；有人試圖引出一些瑣碎的話題，總聊不下去。一個意味深長的場面。什麼意味？每個人所處的角色（丈夫，愛戀對象，孤注一擲之徒）都讓另外兩個人感覺得到，而在談話中又不能考慮各自特定的角色。嘴上不說，心中有數，於是氣氛也就沉悶起來。我知道你知道他知道：這便是窘迫的公式，無端地難為情，又要硬性屏住，找出一些毫不搭界的扯淡來當話題。

維特

2.若即若離

　　幾位朋友純屬偶然同時在一家咖啡館裡撞見了：好不彆扭。整個場面很有意味；雖然其中也有我的份，我也憋得慌，但我卻在體驗一個戲劇場面，揣摩一幅精心繪製的生動畫面（有點像格雷茲 ❶ 的畫，只是味稍邪了一些）；整個場面充滿了意義，可供我讀解；我不放過哪怕一丁點微妙的細節；我察言觀色，悉心破譯；這個文本給了我極大的快感──它的可讀性全在於它的沉默不語。像看無聲電影似的，我只需看人們說了些什麼。於是我便若即若離（這兩者是相互矛盾的）：既被深深地牽連到裡面去，心裡又十分清楚：我細心觀察本身恰恰是我自己觀察嘲弄的愛戀對象。整個場面都不外露，但我仍可以讀解：沒有腳燈──這是個形式極端的戲臺。所以才彆扭──或者，對於某些反常的人來說，這才過癮！

譯注：
❶ 參見「眞可愛」篇中譯注 ❶。

格拉迪娃

格拉迪娃。這個名字源於佛洛伊德所分析的讓森的著作,它指的是這樣一個愛戀對象的形象:他/她甘願稍稍沉浸到戀人的迷狂中,以幫助戀人擺脫迷狂。

1.迷狂

佛洛伊德

《拉·格拉迪娃》中的主人公是個走極端的戀人:有些事情,別人最多回憶一下也就算了,可到了他那兒就成了幻覺。古代的格拉迪娃,是他在不知不覺中愛上的一個女子的形象,這個形象在他眼裡就好像是個現實的人:這就是他的迷狂。而她呢,為了使他不知不覺地擺脫迷狂,就先自我調整它;她稍微捲入其中,盡力扮演格拉迪娃的角色,不急於打破他的幻想,不貿然喚醒夢幻者,使神話和現實在不知不覺中貼近,依靠這種方式,戀愛經驗也就多少具備了一些精神分析療法的功能。①

2.反面的格拉迪娃

　　格拉迪娃是象徵拯救、大團圓的形象，是歐美尼德絲 ❶
——一個由凶變善的神。但是，正如歐美尼德絲只是古代的愛
里尼絲——一個專事復仇、騷擾的女神——一樣，在愛情這
個領域中，也有個可惡的格拉迪娃。愛戀對象，往往是無意識
地，或是出於隨心所欲，似乎存心要使我深陷迷狂，維持並不
斷地撩撥這愛情的傷口：正像那些精神分裂患者的父母——他
們不斷地用瑣碎的，容易導致爭執、衝突的干涉行為來挑起並
且加劇其子女的瘋狂——對方試圖讓我發狂。比方說，對方竭
力使我自相矛盾（其結果就是使我的一切言語陷於癱瘓）；要
不然，就是輪番使用勾引和使你掃興的手段（那是戀愛關係中
最常見的）；他／她會從一種狀態突然轉變到另一種狀態，令
你猝不及防，剛才還是那麼含情脈脈，溫柔甜蜜，一轉眼就變
得冷語冰人，或一言不發，或一走了之；再不然，就是以更難
以覺察，但卻同樣傷人的方式，巧妙地「打斷」談話，不是從
一個（對我來說很重要的）嚴肅的話題突然跳到另一個毫無意
義的話題，就是在我說話時，故意地對我的話題之外的事物表
現出明顯的興趣。簡而言之，對方不斷把我引入我的死胡同：
我既不能擺脫這種困境，又不能在裡面安身，正如那位被囚禁
在籠子裡的巴呂主教 ❷，他既不能直立，又不能躺下。

3.還是體貼入微

俘獲我、將我套入網子的人，又是怎樣釋放我、給我鬆開網扣的？用體貼入微的方式。有一次，兒時的馬丁·佛洛伊德在溜冰時受了委屈，父親便來聽他訴說，跟他聊天，讓他解脫出來，就好像從一個偷獵者的網裡放出一個動物：「他把捆住這個小動物的網扣一個一個輕輕地解開，從容不迫，儘管這小東西為了掙脫束縛不斷掙扎，他不焦不躁，直到所有的網扣都已鬆開，小東西得以逃脫並將這次險遇忘得一乾二淨。」②

佛洛伊德

4.愛慕／迷戀

也許，人們會對戀人——或對佛洛伊德——說：要假冒的格拉迪娃略微沉浸到戀人的迷狂中並不難，因為她也愛他。或者，請給我們解釋一下這個矛盾：一方面，佐埃想得到諾貝爾（想跟他結合），她戀愛了；而另一方面，——這對戀人來說實在是力不能及的事——她又能駕馭自己，控制自己的感情，並不迷狂，既然她有能力裝假、掩飾，那麼，佐埃又怎能同時既「愛慕」又「迷戀」呢？這難道不是截然不同的兩碼事嗎？一個高尚，而另一個病態？

「愛慕」和「迷戀」有著難解的關係：如果說，「迷戀」不同於任何別的事物（在一種不明確的友誼關係中融入一滴「迷戀」的話，立刻就能使這關係變色，使它變成一種獨一

無二的關係：我立刻就會明白，在我跟X⋯⋯或Y⋯⋯的關係中，不論我多麼小心謹慎地控制自己，總帶有那麼點兒「迷戀」），那麼同樣真實的是，在「迷戀」中也總有那麼點兒「愛慕」：我想不顧一切地抓住，但我也會主動地給予。那麼有誰能夠勝任這樣一種辯證關係呢？除了女人，還能有誰？除了給予之外，女人不追求任何其他目標。③因此，假如有這麼個戀人，他終於能夠「愛慕」了，那麼他也就處於女性化了的範圍裡了，與那些偉大的情女、真正的善女為伍了。這就是為什麼——也許——諾貝爾迷狂 ❸，而佐埃愛慕。④

F. W.

威尼考特

譯注：
❶ 取自埃斯庫羅斯的作品：奧雷斯特被復仇女神一直追趕到雅典；雅典娜奉送給復仇女神們一個信仰，使她們不再專事復仇。
❷ 巴呂主教（Jean Balue， 1421－1491），法國國王路易十一的大臣，後失寵，遭到囚禁（1469－1480）。
❸ 諾貝爾是《格拉迪娃》中的主人公，一個潛心於自己事業的青年考古學者，迷上了浮雕上的一個古羅馬姑娘，甚至在夢中與她相會；佐埃，也許是指拜占庭帝國的皇后（978－1050），君士坦丁八世之女，她將帝國先後給了三個男人：羅曼三世（被她指使人暗殺），蜜雪兒四世和君士坦丁九世，以放縱淫欲著稱。

原注：
① 佛洛伊德：「不應忽視愛情對迷狂所具有的強烈療效。」（《讓森所著〈格拉迪娃〉中的迷狂與妄想》。）
② 馬丁‧佛洛伊德：《我的父親佛洛伊德》。
③ 與友人F. W.的談話。
④ 威尼考特：《母親》（la Mère）。

藍外套和黃背心

服飾。服飾引起的種種感觸，戀人曾穿著這套衣服去約會，或穿這套衣服去誘惑自己所鍾情的人。

1.梳洗

為了即將到來的碰面——我激動不安地翹首以待——我精心地打扮了一番，仔仔細細地梳洗（toilette）了一番。這個詞 ❶ 不僅有一本正經的一面，而且還有其他意思；如果我們撇開與廁所相連的用法的話，它還意指「為臨刑的死囚做的準備」；或者，還有「屠夫用來包裹肉塊的透明油膜」。好像每一次梳洗完畢，興致勃勃之餘又能感到一個被宰割過的、抹了油、上了光的肉體被裝扮一新，就像一個犧牲品受到的待遇一樣。我在打扮自己時，實際上在打扮一個將要被欲望毀了的生命。

李特 ❷

2.模仿

會飲篇

蘇格拉底：「我便如此穿戴，以便與一位氣度不凡的男青年同行。」（《會飲篇》）外表上我得像我心愛的人。我假定對方與我在氣質上是相仿相通的（這給了我很大的快感）形象，然後是模仿：我儘量在許多方面與對方保持一致，我希望對方成為我，就像我倆結合成一體，包容在一層皮內，我戀愛經歷中的形象貯存來源於那個相互交融的實體，而衣飾僅僅是它外面一層光滑的包裹罷了。

3.喬裝打扮

維特

維特：「我費了多少努力才放棄那件藍外套，那是我第一次與夏洛蒂跳舞時穿的；但終於破舊不堪了。於是我重新做了一件，與原先的那一件一模一樣……」維特想沉溺於這套衣服中去（藍外套與黃背心），人們發現他在房間裡死去時身上穿的正是這一套衣服。每當他穿起這套衣服（他將穿著它去迎接死神），維特便將自己裝扮了起來。裝扮成什麼？一個心馳神往的戀人：他像變魔法似的重造了那個銷魂的一刻，即他第一次被那個形象驚呆的一刻。藍外套整個地將他包容了起來，周圍的世界隱去了，除了我們倆以外什麼都不存在；借這套衣

拉岡

服，維特為自己構造了一個孩童的身體，將男性和女性融為一體，外面一切都消失殆盡。遍佈整個歐洲的「維特迷」們都競

相穿起了這種不同尋常的服裝，叫「維特裝」。

認同

認同。不管是誰〔當然也包括文藝作品中的人物〕，只要他在戀愛結構中與戀人有著相同的處境，後者都會很痛苦地與之產生認同。

1.僕人，瘋子

維特

維特跟所有失戀的情人認同；其中有曾經愛過夏洛蒂並在寒冬臘月去採摘鮮花的瘋子；還有那個愛上了一個寡婦並為此殺死自己情敵的年輕僕人；維特的求情也不能使這年輕人免遭厄運：「任什麼都救不了你，不幸的人！我知道，什麼都救不了我們。」①認同並不是心理學的概念；它純屬結構的範圍：我就是那個跟我佔有同樣位子的人。

2.犧牲品和劊子手

任何情網都難以躲避我貪婪的目光；一旦我置身其中，我便尋求將為我所佔據的位子。我所發現的不是什麼類似關係，

而是對等關係：比如，我確信，我之於X……正如Y……之於Z……；別人跟我談起的一切有關Y……的閒言碎語都直接刺中了我，儘管我原先並沒將Y……當一回事兒，甚至可以說，我對此人一無所知；我被一面不斷移動的鏡子照住，哪裡有雙重結構，它就在哪裡將我俘獲。更糟糕的是，我可能被一個我並不喜歡的人愛上；這種局面不僅幫不了我的忙（按說這本來也許會讓人感到意外的滿足或給人解解悶），反使我感到痛苦；我在另一個一廂情願的人身上認出了我自己，看到了我自身不幸的種種苦相，而且這一次，是我自己成了促成這一不幸的積極因素：我感到自己既是犧牲品，同時又是劊子手。

（愛情小說正是靠了這種對等關係才那麼走運，那麼暢銷。）

3.「搶東西」

維特

X……或多或少受到我以及其他一些人的愛慕和奉承。我跟這些人處於同樣的地位，正如維特和海因里希的地位完全一樣：那個摘花的瘋子，他也愛著夏洛蒂，愛得發了瘋。對於這種結構關係（有一些點按照某種序列排列在一個點的周圍），我馬上就聯繫到自己去想像它：既然海因里希跟我占著同樣的位置，那我的認同就不僅僅局限於他的位置，還應該有他的形象。我陷入了迷狂：我是海因里希！這個普遍化了的認同擴展到所有那些圍繞著對方，並和我一樣受惠於對方的人，使我加

倍地痛苦；這一認同使得我在自己眼裡貶了值（我發現自己居然局限在那樣一個人格中），同時也使我的對方貶了值；她成了一個被一群競爭者圍著的、毫無生氣且搖擺不定的賭注。每個人好像都跟別人一樣在呼喊：歸我！歸我！就好像一群孩子正在爭搶皮球，或是別的什麼破玩意兒，總之是大人拋出的東西，看誰能搶到手（這遊戲就叫做「搶東西」）。

李特

　　結構不會偏袒任何人；因此就顯得很可怕（就像一種官僚主義）。哀求它也無濟於事；你對它說：「瞧，我比H要強……」，它卻無動於衷：「你們在同一個位置上；因此你就是H……」沒有人能同結構打官司。

4.投射

　　維特跟瘋子、僕人認同。而我，讀者，我能和維特認同。歷史上就有成千上萬這樣的人，他們悲痛欲絕，尋死覓活，模仿維特的衣著穿戴，灑香水，寫情書，好像自己就是維特（還有維特式的詠歎調、悲歌、糖果盒、腰帶扣、摺扇、香水，等等）②。一條同病相憐的長鏈將世上所有的多情郎連綴在一起。在文藝理論中，「投射」（即讀者投射到人物中去）如今已不時髦了；可它仍是發揮想像的閱讀的合適基調；在閱讀一本愛情小說時，說我「投射」，那未免太輕描淡寫了；我緊貼到戀人（或是情女）的形象上，跟這個形象一起關閉在作品的封閉系統中（誰都知道，閱讀這種小說要在與外界隔絕、隱蔽、

維特

普魯斯特

無他人在場並能得到感官滿足的狀態下進行，就是說在廁所裡）。③

原注：
① 《少年維特的煩惱》：「摘花的瘋子」，「男僕」。
② 《少年維特的煩惱》：「歷史引言」。
③ 普魯斯特：（在貢布雷，那個帶有鳶尾香味的廁所裡）「這個有專門而又普遍用途的小間被我長期佔用，當作避難所，也許因爲這是唯一一個我可以上鎖的房間，在那兒我可以自由自在地進行一切需要絕對孤獨的活動：閱讀，幻想，哭泣，滿足感官。」

景象

景象。在戀愛體驗的範圍內，最苦楚的創傷來自一個人看到的、而不是他所知道的。

1.景象的殘酷

（「當他從衣帽間折回時，突然瞥見他們在親密交談，兩個人靠得很近。」）

這一景象如同一個字母一樣呈現在眼前，簡單明瞭；一個刺人眼目的字母。準確，完整，清晰，全然沒有我的插足之地，我被擯絕在這個景象之外，就像在端詳一幅遠古時代的圖景，它的存在僅僅是被框在鑰匙孔圈內所能見到的景象。從這裡，我終於悟出了這個景象的定義，或任何景象的定義：我被排斥在外的那個世界。與那些畫著獵人悄悄地隱身於濃蔭深處的畫謎相反，場景中沒有我的存在：那個景象裡也談不上有什麼謎。

2.安排

維特

　　景象帶有權威性，不容分辯，不容置疑，也不容對它進行
「安排」和斧鑿。維特很清楚，夏洛蒂已經許配給阿爾貝特。
知道這個事實的痛苦並不切膚；但「當阿爾貝特摟住她那纖細
的腰枝時，他渾身打顫。」維特的理智告訴他：我十分清楚，

維特

夏洛蒂並不屬於我；但儘管如此，他眼前的景象卻告訴他：阿
爾貝特將她從我身邊奪走了。①

3.陰鬱的景象

　　將我擯絕在外的景象並不殘忍，（而反過來看）我又被那
個景象緊緊抓住。我離開了露天咖啡場，我得將她和她的朋友
們撇在身後。我看到自己在空寂的大街上蜷縮著肩踽踽獨行。
我將自己被排斥的景象化為一幅圖景。這個圖景像鏡子一樣映
照出我的空缺，真夠淒涼的。

佛里德里奇 ❶

　　一幅浪漫派畫作②，上面是被極光照射的一堆破碎的冰塊；
這個荒涼的世界寥無一人，一毛不長。正因為這樣，由於我在
忍受戀愛的痛苦，這個空洞的世界呼喚我投身其中；我想像自
己置身在那個天地裡，一個渺小的身影，獨坐在一堆冰上，永
遠地被遺棄了。「我冷」，戀人呻吟道，「回去吧」；但沒有
路，茫茫一片，舟楫也散了架。一種對戀人來說特別的寒冷襲
來，孩童感到的（或任何小動物感到的）寒冷，需母愛的溫暖。

4.戀人就是藝術家

　　刺痛我的是人們之間關係的具體形式：景象；或者說，被別人稱為形式而在我體驗為一種力的東西。景象——一種令人魂縈夢牽的具態——就是物自身。戀人就是藝術家；他的世界實際上是反轉過來的，因為在這世界中每個景象都是它自身的目的（在景象外再也沒有什麼了）。❷

譯注：
❶ Caspar David Friedrich（1774-1840），德國浪漫派畫家。
❷ 在巴特看來，戀人─藝術家看景象取與平常人們相反的視角，即從景象的背後去觀察它，這樣，一個景象就不存在通常人們習慣理解的所謂景象後面隱藏著什麼潛在的含義與目的。

原注：
① 《少年維特的煩惱》。
② 佛里德里奇畫作〈碎冰中的「希望號」殘骸〉。

不可捉摸

不可捉摸。戀人試圖抽身於戀愛關係的格局之外，以人物類型、心理或精神氣質型的標準來考察並界定「作為自在體」的心上人。

1.謎

我陷入了矛盾：一方面，我相信自己對於對方的瞭解要超過其他任何人對他的瞭解。由此，我便自豪地向對方炫耀自己對他的瞭解（「我瞭解你——我是惟一真正瞭解你的人！」），而另一方面，我又常常意識到對方不可捉摸，不可控制，不可探尋這一事實；我無法開啟對方，追尋他的本源，並解開這個謎。對方從什麼地方來？對方是誰？我殫精竭慮，我永遠無法知道。

（在我認識的所有人當中，X君顯然是最無法捉摸的。主要是你永遠不知道他的欲望和企求是什麼——瞭解一個人不正是要瞭解他的欲求嗎？我能很快知道Y君的所有欲求，這樣，Y君對我便是一覽無餘的了。我便不再會在一種恐懼中愛他，而

是傾注全身心，就像一個母親愛她的孩子。）

　　換一種說法：「我無法瞭解你」的意思是說「我將永遠無法知道你究竟是怎樣看我的」。我摸不透你的底，因為我不知道你是怎樣摸我的底的。

2.無法瞭解

　　為了一個捉摸不透的客體而大傷腦筋，坐立不安，這是一種地地道道的宗教。將對方化為一個不解之謎，再將自己的生命維繫其上，這是視對方為神明而進行頂禮膜拜；對於對方提出的問題，我將無法解答，戀人畢竟不是俄狄浦斯王。我力所能及的事便是將自己的無知轉化為真實。所謂愛得愈深，瞭解愈深的說法並不真實；通過愛情經歷我所得到的啟悟僅是：我是無法瞭解對方的；他的模糊並不在於存在著某一個被屏障所遮掩的隱祕，而是證實表像與內在真實之間的遊戲已不復存在❶。這樣，因愛一個陌生人而產生的一陣狂喜便儡住了我——那個人將永遠存在——一個莫名的衝動——我知道我所不知道的事了。

紀德

3.用力來界定

　　我不是在試圖界定對方（「他是什麼人？」），我捫心自

問：「我想要什麼，想瞭解你？」如果我想將你看成一種力量而不是一個人，那會怎樣呢？而如果我將自己看成另一種力量在與你抗衡，又該怎樣？會出現這種局面：只能通過對方給我帶來的痛苦和歡樂的多少來給他下定義。

譯注：
❶ 紀德：談到她的妻子：「要了解與你不同的人你須要有愛……」《現在該你自省了》。

告訴我去愛誰

感應。你愛上某一個人是因為另一個人或其他人向你揭示了這個人是值得追求的：不管多麼奇特，愛欲是被感應激發起來的。

1.情感的感染

維特在墮入情網前不久遇到了一個年輕的幫工。那人向維特傾訴了他對一個寡婦的熾熱的愛情。「一想起這麼純樸和真誠，我靈魂的最深處便著了火，這幅忠誠和柔情的景象到處都追隨著我，我自己好似燃起了渴望和慕戀的烈焰。」❶ 從這以後，輪到維特自己身不由己地迷戀上夏洛蒂。他還沒見她人影時，就有人要他注意她；乘馬車赴舞會途中，一位熱情的朋友告訴他，她是多麼迷人。這樣，將要被愛上的人事先已經選定，經過有色鏡的過濾，經過鏡頭逼近效果的渲染處理，對象被放大了，推進了，直至讓戀人將鼻子貼著鏡頭：在我眼前的不正是被一雙無形的巧手處理得光彩奪目的對象嗎？她令我銷魂，使我陶醉。這種「感染」，₁ 這種感應來自別人，來自語言、書本和朋友們的議論：愛情都不是自發的。₂ （大眾文化是

佛洛伊德

拉·霍希福考

司湯達爾

表現欲望的機器：它說，這一定能讓你著迷，好像人們自己無法決定他們到底渴求什麼似的。）③

　　而戀愛這玩意兒難就難在：「指給我看應該去愛誰就行了，然後請走開！」我無數次地愛上我密友的情侶：每一次的情敵開始都是主人、嚮導、拉票人、牽線人。

2.禁止就是標引

　　要引你去企求一件事物，得稍稍禁止你得到它（欲望是與受束縛相生的，如果這一說法不錯的話）。X讓我陪他去那兒，又要我給他一點自由：鬆動一些，有時不妨走開一會，但又不要太遠：一方面，我得作為一種羈絆而存在（沒有這種羈絆就不會有欲望），同時，一旦這個欲望形成，我又得立即退出，不然會礙手礙腳；我得當個充滿愛意的母親（隨時要管束但又慷慨慈祥），孩子圍著她玩耍，而她靜靜地打毛線或做針線活。「成功」的密友關係的結構是：稍有一點約束，更多的是自由；指點出欲望的附麗便適可而止，就像那些熱情的當地人，給你指路，卻不硬要與你結伴而行。

威尼考特

譯注：
❶ 參見歌德《少年維特的煩惱》，第一篇，五月三十日。

原注：
① 佛洛伊德：《心理分析論文集》。
② 拉・霍希福考：「有些人如果從未聽到別人談論愛情的話，他們自己是無論如何不會戀愛的。」
③ 司湯達爾：「愛情還未產生時，美類似一個符號，只是當我們聽到人們對我們將要愛上的人的稱讚時，它才成為愛情的對象。」（司湯達爾《論愛情》。）

消息靈通人士

提供資訊者。這本是個友善的形象，但他似乎老是扮演這麼
個角色：他若無其事地向戀人提供一些有關他愛戀對象的雞
毛蒜皮的消息，這一來可就傷了戀人的心，因爲它們攪亂了
戀人對自己愛戀對象所保留的形象。

1.混亂

居斯塔夫、雷翁和理查結成了一幫；于爾班、格勞丟斯、
埃提愛和於絮爾也結成了一幫；而阿貝爾、貢特朗、昂熱勒
和于貝爾又是另一幫（我從《沼澤地》——一本有關人名的
書——裡借用了這些名字）。然而，雷翁有一天結識了于爾
班，後者又結識了昂熱勒，而這一位又和雷翁略有交往，等
等。這樣就形成了一個星座，每個人都註定有一天要和相距最
遠的星球建立聯繫，跟他談論所有其他的人；最後一切都歸於
吻合（這就是《追憶逝水年華》的情節，這一部作品好像撒了
個彌天大謊，一張荒誕不經的網）。世俗友情是種流行的傳染
病：人人都染上了，無一倖免。現在請想像一下，將一個痛苦
的戀人置入這個網中，他一心只想和自己的對方維持一個封閉
的天地，純潔而又神聖；這網路中的種種活動：情報交易，各

紀德

普魯斯特

種各樣的迷戀或是創舉，一概被視作危險品。在這麼個微型社會——它既是人種學意義上的村莊，又是街頭喜劇型的社團，是親緣結構，也是喜劇式的大雜燴——的中央，消息靈通人士忙得不亦樂乎，要將一切都告訴大家。

消息靈通人士——不論是天真純樸的，還是居心叵測的——總在扮演一個否定的角色。不管他傳給我——就像傳染疾病那樣——的消息多麼微不足道，它總會把我的對方縮變為某一個他人（僅僅是某一個）。我無可奈何地聽他嘮叨（世俗禮節使我不能流露出我的煩躁），但我竭力使自己變得耳背，無動於衷，就像個老態龍鍾的人。

2.外界的祕密

我想要的，是一個小宇宙（有它自己的時間、邏輯），那兒只住著「咱倆」（這是一本言情畫報的名稱）。來自外界的一切都構成威脅；不是厭倦（比如我被迫生活在一個沒有對方的世界裡），就是傷害（要是我在這世界裡聽到不利於對方的表述）。

在消息靈通人士向我提供某個有關我對方的無聊的消息時，我發現了一個祕密。其實，這不是什麼隱藏很深的祕密；它來自外界：我原來並不認識的是對方的外表。帷幕從反面拉開，幕後不是什麼隱私，而是一個公眾聚集的大廳③。這消息，不管其內容是什麼，總是讓我感到痛苦：那是一丁點兒暗淡無

布紐爾

光、令人不快的現實直直落在了我的頭上。對於敏感細膩的戀人來說，任何事實都帶有侵犯性：稍微來那麼點兒「科學」，不論多麼通俗、一般，它都會直搗戀人的想像世界。

原注：
① 《沼澤地》（Paludes），法國作家紀德（André Gide）的早期作品。
② 指普魯斯特（Marcel Proust）的小說。
③ 布紐爾（Luis Buñuel，1900—1983），西班牙電影導演，此處係指他的作品《中產階級的審慎魅力》（1972）。

再也不能這樣下去了

不堪忍受。戀人蓄積已久的痛苦情感的爆發都體現在這一聲叫喊中：「再也不能這樣下去了……」

1.戀人的忍心

小說 **❶** 結尾部分，夏洛蒂（自己也不順心）說了一句話，不幸言中了維特後來的自殺：「再也不能這樣下去了。」維特自己也會說這樣的話，而且完全可能在書的開初就這樣說。初次相遇的神魂顛倒的魔力過去後，戀愛的情形會隨即變得叫人不堪忍受。會有一個魔鬼來否定時間、變化、發展和轉化，並不停地念叨：「再也不能這樣下去了！」但現實仍舊這樣繼續下去，如果不是永遠的話，至少要延續很長一段時間。戀人耐心的基點既不是等待，期冀，或是胸有成竹，也不是勇氣；而是深沉得難以排遣的抑鬱，並愈加讓人感受到它；心潮的起伏，反覆作出的姿態（可笑嗎？），都在向自己示意；我已經鼓足勇氣要結束這種反覆；對不耐煩的耐煩。

（理智的情理：凡事都會有個著落，但沒有沒完沒了的事。戀人的情理：凡事都沒有著落，但它卻沒完沒了地繼續下

維特

去。）

2.激情

　　仔細考察一下無法忍受這一狀態：無法忍受的呼喊倒也不無裨益：這是自我提示，我得尋個出路，不管通過什麼方式；我內心開闢一個戰場，有決策，有行動，有戰果。由於按捺不住而產生的第二效應是狂熱激昂；我從亢奮中得到滋養，我在激奮中度日。我總是個「藝術家」，愛把形式當成內容。想像出一個不愉快的解決辦法（告吹，離開，等等），我便在內心將這事活靈活現地顯現出來，激動不安地翻弄個不停；被忘我犧牲的豪情所激動（戀愛可以中止，但友誼可以繼續保持下去），我同時又忽略了我由此應該犧牲的東西，簡單說就是我的癡癲——而癡癲瘋狂的本質又決定了它是無法被犧牲掉的：誰見到過一個瘋子會為別人「犧牲」自己的瘋癲？眼下，我只是把犧牲看成是一種高尚的戲劇化表現；只是我想像天地裡的虛構而已。

3.忍耐

　　狂熱過去後，想法便簡單了：看樣子只有忍耐（真正疲乏

後的自然表現）。默默忍受，不做什麼變通；咬牙堅持，不動什麼肝火；永遠處在狂熱中，永不洩氣；我是個不倒翁，無腿的玩偶，被推來搡去，但最後還是能穩穩立住，恢復平衡，靠的是內在的支撐（但支撐我的是什麼呢？愛情的力量？）。正如一首為這種日本玩偶所作的民歌裡唱的那樣：

生活便是這樣
七次倒下，
八次起來。

譯注：
❶ 指歌德《少年維特的煩惱》。

解決辦法

出路。不論什麼樣的解決辦法總會對戀人產生一定的誘惑，而這種誘惑，儘管其特徵往往是災難性的，會給戀人帶來暫時的安寧；戀人在幻覺中施行各種擺脫戀愛危機的解決辦法。

1.封閉

　　輕生的念頭，分手的念頭，隱退的念頭，旅行的念頭，奉獻的念頭，等等；我會想像出好多解決戀愛中危機的辦法，我不斷地想像著。然而，不論我有多麼癡迷，透過這些週期性反覆出現的念頭，我還是不太費力地就抓住了那個唯一的、空泛的情境，即解脫的情境；我之所以自得地生活著，就是因為我對另一個角色──一個「擺脫困境」的角色──尚存有幻想。

　　愛情的語言本質就是這樣再次地顯露出來：任何一種解決辦法都不可避免地回過頭來參照它的唯一的想法──即它的語言存在；而作為語言，這種有關解決辦法的想法也就意味著解決方法本身的失效，戀人的表述在某種程度上封鎖或禁錮了出路或解決辦法。

2.悲愴

理念始終是我自己想像出來的、並為之激動的悲愴場面：簡而言之，是一種戲劇。而理念所具有的這種戲劇性質使我得益匪淺：這種斯多噶風格的戲劇使我好像成長、高大起來。當我在想像一個極端的（也就是說決定性的、或確切的）解決辦法時，我就造成一種虛構，我成了藝術家，作出一幅畫，描繪出自己的出路；思想是可見的，正像資產階級戲劇中那種意味深長的時刻（往往加入一個很有個性的、經過選擇的意義）①：有時是告別的場面，有時是朗誦一封莊嚴的書信，或者顯得極其高貴、尊嚴的久別重逢。有關災難痛苦的藝術使我漸漸平靜下來。

狄德羅

3.陷阱

隱退，旅行，自殺等等，我想像出的這一切解決辦法都處在戀愛系統的內部：是戀人的隱居、出走或是輕生；如果說他想像自己閉門不出，或出走甚至死去，那麼他在想像中看見的就始終是個戀人：我念念不忘自己是戀人，同時又告誡自己別再做戀人②。問題及其解決辦法之間的這種統一應該確切地定義為陷阱；我入了圈套，因為要改變系統並不是我力所能及的事；我被「逮」了兩回：一方面陷入自我系統這個困境，同時又無力去替換它。這個雙重的扣結好像界定了瘋狂的某一種

雙重束縛

席勒

類型當不幸沒有對立面存在時，陷阱便重新關閉（不存在）：「要想有不幸，那就得讓善本身去作惡」③。真是煩人的遊戲：為了「擺脫」困境，我就得擺脫這個系統──我想擺脫它，等等。倘若不是戀人的迷狂的「天性」會讓這一切自行消失、停止的話，那任何人都無法去了結它（維特並不是因為死了才停止迷戀的，而是剛好相反）。

原注：
① 狄德羅的戲劇藝術理論。
② 「雙重束縛」：「困境：不論你怎麼做都贏不了：贏了反面就會輸了正面。」引自布諾爾‧貝特萊姆（Bruno Bettelheim）所著《空壘》。
③ 席勒語，轉引自宗迪（Szondi）所著《詩與詩論》。

忌妒

忌妒。「源於愛的一種情感,由擔心所愛對象垂青他人而引
起。」(《李特辭典》)

1.維特和阿爾貝特

維特

小說 ❶ 中的忌妒者並不是維特,而是芙麗德莉克的未婚
夫赫・施米特,一個脾氣暴躁的漢子。維特的忌妒源於特定景
象(看到阿爾貝特摟住夏洛蒂的腰枝),而不是發自內心深
處。因為我們這裡涉及的是一個具有悲劇氣質的人(這恰是該
書的魅力所在之一),而不是一個耽於心理活動的人。維特並
不恨阿爾貝特;簡單說吧,阿爾貝特只不過是佔據了一個令人
羨慕的地位;他是個對手(情敵),但不是死敵:他並不「可
憎」。維特在給威廉的信中就曾披露,他並沒有多少忌妒之
心。直到小說的獨白轉為敘述時,兩人之間的對峙才尖銳化並
帶有敵意,似乎忌妒是與由「我」向「他」的簡單轉化 ❷ 俱生
的,從想像的獨白(滲透著他人的存在)轉為他人的敘述時而
產生——而這敘述則是他人合乎情理的聲音。

普魯斯特

普魯斯特小說中的敘述者與維特不是一回事。他能算戀人

嗎？他僅僅是忌妒而已；在他身上看不出一點「癡癲」──除了他在以戀人的方式眷戀著（大寫的）母親（他的祖母）。[1]

2.分吃蛋糕

維特被一個景象迷住了：夏洛蒂切開塗著奶油的麵包一片片地分給她的兄弟姐妹。夏洛蒂就是一塊蛋糕，這塊蛋糕被切開；每人各得到一份：並不僅是我一個人得到──什麼事都不是我一個人獨享，我有兄弟姐妹，我得分享，我得服膺於分享的習規。命運女神不正是司掌人類沉浮和分配的女神嗎？──而命運女神 ❸ 其中的最後一個又是沉默不語的神，死亡。再說，我要是不願分割愛情，我便是否定愛的盡善盡美，因為完善的東西是應該被分享的；美莉塔被人分享，因為她是完美的 ❹，許佩里翁 ❺ 的痛苦則在於：「此恨綿綿，我的急流勇退原出於迫不得已 [2]。」於是，我得受雙重痛苦：愛被分割的痛苦，還有我無法保持這一高尚情操的痛苦。

3.拒絕妒忌

佛洛伊德說過：「我愛時，我是十分排他的」[3]（這裡我們將佛洛伊德作為正常規範的參照）。忌妒是人之常情。放棄妒心（「以求盡善」）便是對這種常情的超越。朱萊卡曾試圖引

誘約瑟 ❻，然而她丈夫並沒有因為她這樣做而醋意大發 ❹；這一
傳聞需加說明：故事發生在埃及，而埃及是位於雙子座 ❼ 這一
黃道宮之下，也就談不上忌妒。

傑狄狄

字源學

（將常情顛倒一下：人不再忌妒，能夠唾棄排他性，並自
由自在地生活，等等——甚至——設想其實際情況將會如何：
設想我竭力使自己不再忌妒，僅是因為我為自己竟然會忌妒感
到羞愧？忌妒是醜惡的，是布爾喬亞情調，是大驚小怪，是一
種狂熱——而我們要擯棄的正是這種狂熱。）

4.忌妒者的四重痛苦

作為一個愛忌妒的人，我得忍受四重痛苦：由於我愛忌
妒，由於我因此責怪自己，由於我擔心我的忌妒會有損於他
人，又由於我自甘沒出息：因此，我因受人冷落而痛苦，因咄
咄逼人而痛苦，因瘋狂而痛苦，又因太平庸而痛苦。

譯注：

❶ 指歌德的《少年維特的煩惱》。

❷ 《少年維特的煩惱》分兩篇，第一篇由維特的書信構成，由第一人稱敘述；第二篇「編者告讀者書」，敘述方式為第三人稱，故巴特說「由『我』向『他』的簡單轉化」。

❸ 命運女神（Moirai）是希臘神話中的三個生命女神，與命運緊密相聯。荷馬史詩中稱她們為「生命線的編織者」，深夜與黑暗的女兒，宙斯和特彌斯（法律和正義女神）的女兒。在古希臘詩人赫希俄德的筆下，三位女神各司其職：第一位紡織生命之線，第二位女神將其放長，第三位女神將其割斷。人從生到死的歷程也就算走完了。

❹ 美莉塔，德國劇作家法朗茨·格累帕才（Franz Grillparzer，1791—1872）的素體詩劇《莎弗》（Sappho，1817）中古希臘女詩人莎弗的年輕美麗的女僕。

❺ 許佩里翁，德國詩人荷爾德林（Hölderlin，1770—1843）的書信體小說《許佩里翁或希臘的隱士》（Hyperion, oder Der Eremit aus Griechenland）中的主人公。他愛上了集中體現希臘古典美的姑娘狄俄蒂瑪，而他倆的愛情卻以悲劇告終。

❻ 約瑟是《舊約·創世記》中的人物，被他的兄長當作奴隸賣到埃及。他的才幹受到主人波提乏的賞識。波提乏妻子朱萊卡曾試圖引誘約瑟，未遂。詳見《舊約·創世記》第三十九章。

❼ 雙子座（Gemini）是西方天象說中的黃道十二宮中的第三宮。在西方文化傳統中的具象常呈一男一女並立，象徵兩性一體或雌雄同體，或呈兩童或兩男子執手並立，或呈雙頭鷹或雞。常象徵對立兩元的和諧並存。

原注：

① 泰勒蒙（Tallement de Reaux，1619-1692）：談到路易十三：「他的愛情很扭曲，除了嫉妒，他完全不像戀愛中人。」《名人軼事》（Historiettes）第一輯。

② 荷爾德林小說，《許佩里翁》。

③ 佛洛伊德，《書信集》。

④ 傑狄狄，《阿拉伯情書》：朱萊卡的引誘並非完全沒有產生作用，約瑟略微動搖了。如此，約瑟的男性雄風才不致受到懷疑。

我愛你

我愛你。這一具體情境不是指愛情表白或海誓山盟，而是指愛的反覆呼喚本身。

1.Szeretlek〔匈牙利語：「我愛你」〕

「我愛你」，這第一聲誓盟發出時並沒有什麼意思；而只不過是通過一種令人費解的途徑重複一個不算新鮮的消息——聽來那麼平淡——（這幾個字裡恐怕連那個資訊都沒有包含）。我反覆念叨這句話，而絲毫不著邊際；這句話來自語言，然後揮發開去——哪兒去了？

R. H.

我仔細推敲這個說法時簡直忍俊不禁。這麼說來，一端是「我」，一端是「你」，當中有一個帶有（從詞義上講）相當的感情色彩的紐結。這種拆解，儘管符合語言學理論，卻不免讓人覺得瞬間衝動中抒發的東西被扭曲了。「aimer」（愛）無法在動詞不定式中棲身（除非在元語言的結構中）：這個字眼一經說出便帶上了主語和賓語，也就是說「我—愛—你」得以匈牙利語的方式來理解（和吐字）。在匈牙利語中，「我—愛—你」是一個字Szeretlek，這樣一來，我們就得放棄法語的分析

性品質，將這句法語當作粘著型語句 ❶（而粘著恰是問題的核心）。稍加句式變化，這個整體就不成片段了；可以說，這個說法超越了句型，不受結構變化的左右；無法用其他表達類似意義的結構的對應形式來取代；我可以連日連夜地說「我—愛—你」，而卻無法真的去「我—愛—她」：我不想僅僅用一個句式，一句表白，一種腔調打發對方（說「我—愛—你」的潛在動機是加個稱呼，加一個名字：「阿里安，我愛你」，狄俄尼索斯說 ❷）。

尼采

2.沒話找話

「我愛你」沒有固定用法。這個詞，就像孩童用語，沒有社會性規範；它可崇高，可莊嚴，可輕挑；它也可以是色情挑逗，甚至淫蕩，這是個社會意義游移的詞。

「我—愛—你」這個詞沒有什麼微妙之處。用不著多加解釋，也不必對其斟字酌句，更不用掂掂分量或鑽牛角尖。從某種意義上說——這是語言的絕大悖論——說「我—愛—你」似乎是沒話找話說，而這個詞又是那麼實實在在（它的意指就是它的聲響：一種演示而已）。

說「我—愛—你」不是「顧左右而言他」——這個詞是（母愛—性愛的）二元一體；整個字眼渾然一體；不管你怎樣曲解也無法分裂這個符號；這個詞是個沒有喻體的隱喻。

拉岡

「我—愛—你」不是個句子：它不傳情達意，只是伴隨一

種特定情境而生：「主體被懸吊在與異體的映照之中」（拉岡語）。一個渾成的片語。

　　（儘管人們可以億萬次地說「我─愛─你」，這個詞卻實在超越了語彙層次，這個辭格的定義超不出它自身。）

3.呼喚

　　這個詞（作為句子的詞）只有在我發音時才有意義；它的資訊就包含在脫口而出本身，沒有其他任何資訊；沒有蘊藉，沒有豐富的內涵。所有內容都被包容在說出──這個動作本身：這是個「套話」，卻又不是裝腔作勢；對於我來說，「我─愛─你」的具體情境簡直無法加以分類：「我─愛─你」是克制不住的，又是無法預料的。那麼這個怪物，這個語言的圈套又屬一種什麼樣的語言層次呢？一板一眼，算不上是一時衝動說漏了嘴；長吁短歎，又算不上是一字一句？字裡行間中說不出個所以然（其中並沒有隱藏、沉積或封存任何可供拆解的資訊），而其意義又不僅僅在表達這一動作本身（說話人大可不必受談話的場合的變化所囿）。也許我們可以稱之為「呼喚」。對呼喚聲是不必斟字酌句的：「我─愛─你」既不屬語言範疇又不屬符號範圍。其起因（即說這個詞的動因）應該說帶有音樂性質。與唱歌情形相仿，通過「我─愛─你」的呼喚（就吐露出的內容而言），人的欲望既沒有被壓抑，又沒有被辨識（就像發聲本身，常常是不期然而然），簡單說，「我

「一愛一你」是一種宣洩，像情欲亢進。情欲發洩不用訴諸語言，但它卻說了並表達了：我一愛一你。

4.「沒有回應」

對「我一愛一你」，有種種俗套的回答：「我不愛你」，「我根本不相信」，「你為什麼要這麼說呢？」等等。而真正的拒絕是沒有回應。這樣，我由此遭受的打擊比作為求愛者受挫還要慘重——我是作為一個說話的主體被否定的；被否定的是我的語言，我生存的最根本的手段，而不是我的欲求；至於求愛，我完全可以耐心等待，再次請求，再次提出；但連發問探詢的權利都被否定了，我就算徹底「完蛋」了。普魯斯特的小說 1 中，母親讓弗朗索娃對小說敘述者說：「沒有回應。」後者便產生了與那個被情人的守門人擋駕的「情婦」同病相憐的感覺：母親並不是不可親近的，她只是身不由己，而我則要發瘋了。

普魯斯特

5.「我也一樣」

Je t'aime——Moi aussi（「我愛你」——「我也一樣」）。

「我也一樣」不是個圓滿的答覆，因為圓滿的東西只能是很鄭重其事的，這個形式則太不完善，沒有忠實地轉達這一呼

喚——這聲呼喚是不能隨意更動的。

　　不過，只要這個回答產生令人遐想的效果，便足以觸發一連串癲狂欣喜的抒懷：這一欣喜隨著突然逆轉的局勢而愈加高漲：聖‧普霍幾番遭拒絕，後來突然發現朱莉葉是愛他的 ②。這一令人銷魂的真相的顯現不是潛心思索，耐心準備的結果，而是突如其來，令人驚訝，一個一百八十度的急轉彎。普魯斯特書中的小主人公請求他母親睡在他房間裡時，也想聽到「Moi aussi」（「我也想」）的答覆，像一個癲狂的人，也想驚喜一番；而他之所以驚喜萬分，也是由於情勢突變，父親心血來潮作出決定，將母親讓給了他（「吩咐弗朗索娃在他房間裡給你鋪床，今晚就睡在那兒吧」）③。

盧梭

普魯斯特

6.共同的閃光

　　我所臆幻的是經驗範圍內不可能的事：我倆的呼喚能同時發出：一方用不著像是靠對方眼色行事似的應答另一方。呼喚又不能拖沓（重複）：只有瞬間的閃光才有效果，兩種力量彼此交匯（兩者如有隔閡，就連一般的和諧也無法達到）④。只有瞬間的閃光才能創造奇蹟：將種種約束拋到九霄雲外。交換、餽贈、盜竊（這些常見的經濟形式）都以各自特定的方式包涵一些彼此有差別的物體和交錯的時間：我的欲望與異體發生矛盾——這就需要一定時間來達到和諧。同時的呼喚造成的律動沒有一種社會性模式能夠與之等同。從社會性角度看也是不可

波特萊爾

克羅索斯基

思議的：沒有交換，沒有饋贈，也沒有盜竊。我們的呼喚從相互交融的熾火中產生，這是付出，但付出後便不知其去向；彼此呼應，毫無保留，各自通過對方進入了實體的境界。

7.一次革命

「我也是」引起了突變：陳規陋習崩潰了，什麼事都可以發生──甚至於：我可以不再佔有你。

簡單說，這就是一場革命──也許與政治意義上的革命相去不遠：在兩種情形下，我所憧憬的都是絕對的新：（戀愛上的）改良主義對我沒有多大吸引力。若進一步來發展出一個悖論，這裡的全新又是最老掉牙的東西（昨天晚上我就從莎岡 ❺ 的戲中聽到了它：每隔一個晚上，電視裡就會有人說：我愛你）。

8.我愛你是以悲劇形式肯定人生

──要是我對「我─愛─你」不加解釋呢？若對這個症狀的解釋只是保留在呼喚一說上怎麼樣？

──還是試試吧：你不是成千上萬次地訴說戀人的痛苦是多麼難以忍受，並且竭力主張戀人應該超脫出來嗎？如果你真想「痊癒」，你就得相信病症的存在，而「我─愛─你」正是

其中一種；你得解釋清楚，說到底，你得潑點涼水才是。

尼采

——而說到最後，痛苦又是怎麼一回事呢？我們又應怎樣看待痛苦？對它如何加以評說？痛苦一定就是壞事？戀愛中的痛苦不正是一種逆反的、潑涼水的療程嗎？（人總得受挫）如果變換一下價值評判，是否可以設想一種關於戀愛痛苦的悲劇觀，即對「我—愛—你」的悲劇性肯定 ❹？如果（戀）愛被置於積極的符號下，情況又會怎樣？

9. 「我也愛你」

由此，對「我—愛—你」有了新的觀照。這是個行為而不是病症。我說出口是為了讓你回答。回答以某一定式出現，其形式上的講究（措辭）效果不一，就是說對方回答我時僅僅用一個所指（signifié）❺是遠遠不夠的，不管它多麼肯定（「我也是」）：受話人應該認真措辭，對我發出的「我—愛—你」的呼喚發生共鳴：佩里亞斯說：「我愛你」—「我也愛你」，梅莉桑達說 ❻。

佩里亞斯

佩里亞斯急切的求愛（他確信梅莉桑達的回答完全像他所期待的一樣。他當場暈厥過去似乎證實了這一點）出自一種需要，也就是說，戀人不僅想得到愛的回報，想瞭解真情，想得到確鑿無疑的證實等（這些機杼都沒有超出所指層次），他更想聽到這個內容通過特定的方式被說出來。這個方式要和他自己的方式同樣肯定，一樣清晰無誤；我要得到的是面對面完整

的一字不差的那個定式，那麼情話的原型，容不得閃爍其詞，來不得一點疏漏，句式不能攪亂，不能變換花樣，兩個字要渾然一體，能指（signifiant）與所指要同時並存（而「我也是」則是與一氣呵成的語彙相悖行）；重要的是，這聲呼喚又是與實體、肉身和嘴唇緊密相聯的，張開你的雙唇，這就成了（露骨一些吧）。我孜孜以求的是要咬住那個字眼。是魔力還是神功？醜陋的怪獸卻也神魂顛倒地愛著美神；美神當然不屑去愛怪獸。但最後，她終於還是被制服了（如何被制服並不重要；就姑且算是通過她與野獸之間的對話吧），她竟也說出了這個神奇的字眼：「我愛你，野獸」；旋即，隨著豎琴一聲輝煌的琶音，一個新人出現了 ❼。老掉牙的故事？那再來一個：有個人因妻子出走而痛苦不堪；他盼望她回來，尤其盼望她對他說「我愛你」，他也一樣咬文嚼字，最後她終於對他說了；一聽到這話，他昏死了過去：一部1975年拍的電影。當然，還有一則神話傳說：漂泊的荷蘭人浪跡天涯就是為了尋找這個字眼；如果他（憑著誓盟）得到了它，那他就不用再漂流了（這則神話傳說不是強調始終不渝的重要性，而是強調這種執著的呼喚聲和頌歌本身）。

拉威爾

幽舟

10.阿門

（德語中的）一個巧合：同一個詞（Bejahung）有兩種表示：一種是精神分析學上的用法，意思是「貶斥」（孩童第一

個肯定性斷言要被否定掉，這樣才能深入其潛意識層）；另一種是尼采的用法，指權力意志的一種表達方式（完全沒有心理層次上的意義，更沒有社會內涵），指差異的產生，其中包含的「是的」「對的」十分清楚明瞭（蘊涵了一種反應）：這便是「阿門」（amen）❽。

「我─愛─你」是積極的。它傳達出一種力量──與其他力量相抗衡。其他什麼力量？這個世界上形形色色的勢力。都是否定的力量（科學，宗教，現實，理性）。它還與語言相抗衡。正如「阿門」一詞處於語言的邊緣，與語言系統若即若離，並剝去了後者「逆動的外衣」❾。那樣，愛情的呼喚（「我─愛─你」）處於句式的邊緣，毫不排斥同義反覆（「我─愛─你」的意思就是「我─愛─你」），擺脫了句子的平庸（這只是個片語）。作為一種呼喚，「我─愛─你」不是符號，而是反符號。那些不願說「我─愛─你」的人（對於他們來說，「我─愛─你」難以啟齒）就只能作出種種閃爍其詞，顧慮重重，而又急不可耐的愛情的符號跡象、標引❿和「明證」：如手拋，神態，長吁短歎，轉彎抹角，吞吞吐吐。他需要別人對他進行破解詮釋；他得受逆動性質的愛情符號的左右，被放逐到語言的世界，就因為他沒有一吐為快（所謂奴隸，就是那些被割去舌頭的人，只能靠眼神、表情、神態來說話）。

愛情的「符號」孕育了無數的逆動的文學作品：人們渲染愛情，在花俏的表像上大做文章（所有的愛情故事最終都是出於阿波羅之手 ⓫。作為反符號，「我─愛─你」屬於酒神這

尼采

一邊：痛苦沒有被否定（甚至連怨艾、厭惡、慍怒都沒有被否定），通過呼喚，痛苦不再鬱結胸中：說「我─愛─你」（反覆地說）便意味著拋開逆動的語言，將其遣回那個死寂悲涼的符號世界──語言的迷宮（而我又要經常地穿行其中）。

作為一種呼喚，「我─愛─你」屬於付出，那麼孜孜於呼喚這個詞的人（抒情詩人，說謊者，流浪者）便是付出的主體：他們支出這個詞，似乎這個詞無足輕重（一錢不值），卻可以期冀在什麼地方得到補償；他們處在語言的邊緣，語言本身（除此以外誰又能這樣做呢？）意識到自己無牽無掛，便孤注一擲了。

譯注：
❶ 粘著型語言（Agglutinative language），屬語言的一種類型，如匈牙利語、芬蘭語、土耳其語、斯瓦希里語或日語。粘著型語言的語法關係和詞的結構是用（語言）成分自由組合來表示的。
❷ 阿里安（Ariane），古希臘神話中克里特國王米諾斯的公主。她愛上了雅典王子提修斯，用長線幫助他進入克里特迷宮殺死半人半牛怪物，後來遭提修斯拋棄後被酒神狄俄尼索斯發現，兩人相愛並結合。

❸ 弗朗索娃‧莎岡（Françoise Sagan，1935—2004），法國女小說家、戲劇家弗朗索娃‧格瓦赫的筆名。她19歲時的處女作《日安，憂鬱》曾獲法國批評大獎，被譯成二十種文字，轟動一時。劇作有《瑞典城堡》、《草中鋼琴》等。

❹ 巴特這裡演化了尼采的悲劇觀。在尼采看來，人生痛苦是無法避免的，但他不同意叔本華由此絕望厭世，並放棄奮爭的人生態度，亦不願依附柏拉圖的所謂靠理性和睿智戰勝人生痛苦的說法。尼采認為，人可以通過非理性的、迷狂的酒神精神，靠潛藏在痛苦人生之後的生命力來肯定人生，賦予本沒有意義的世界以意義，「滄海桑田，人事變遷，而生活從根本上是歡樂的、強有力的」（《悲劇的起源》七）。

❺ 參見「本書怎樣構成」（前言）篇中注 ❺ 以及「今夜星光燦爛」篇的注 ❷。

❻ 佩里亞斯與梅莉桑達，比利時劇作家梅特林克（1862—1949）劇作《佩里亞斯與梅莉桑達》中的主人公。

❼ 一則動人的歐洲民間傳說：某王子被妖魔變為醜獸，須得到天仙般美女的愛情方能解除魔咒。一美女被醜獸挾持，先是不從，後逐漸被其精誠所至感化，竟衝口說出：「我愛你。」轉眼間，奇蹟發生了：醜獸竟化為風度翩翩的王子。法國著名作曲家拉威爾（M.Ravel，1875—1937）據此創作了四手聯彈的鋼琴曲（《鵝媽媽》中的《美女與醜獸》），後又經他自己改編為管弦樂，並被搬上芭蕾舞台。巴特這裡指的即是拉威爾管弦樂曲《鵝媽媽》中的「美女與醜獸之間的對白」（Les entretiens de la Bêlle et Bête）一段。

❽ 阿門（amen），希伯來語，基督教祈禱或聖歌的結束語，意即「誠心所願！」

❾ 「逆動」，戀人若不說「我—愛—你」以一吐胸中積蓄，而借助吞吞吐吐、欲言又止，或轉彎抹角的語言來暗示愛情的話，勢必陷入一種無法排遣胸中愁結的不能自拔的狀態；語言的迷藏亦破壞了愛情的原始衝動和自然表達。這個不健康的現象被巴特稱為「逆動」，即與一吐為快的「我—愛—你」的抒發宣洩方式和過程相悖。由此不難理解巴特在下文中將寫愛情的文學稱為「逆動」文學，因為愛情作品正是在情人之間躲閃騰挪、心照不宣的捉迷藏上大做文章，如果男女主人公一出場就開宗明義地相互宣佈「我愛你」，這部愛情小說恐怕也就索然無味了。

❿ 標引（indice），西方當今流行的黃金學科符號學的基本術語之一。符號一般被分為三種：象形（icon），即能指（signifiant）主要通過相似性來代表所指（signifié）的一種符號；象徵（symbole）則是一種隨意性符號，其能指與所指之間沒有直接的或標引性的關係，它是通過約定俗成來表現。較難說清的是介於象形與象徵之間的標引（indice）。符號學家們的定義頗多分歧。在巴特的符號學語彙中，標引不代表一個確定的含義，只有「隱晦的所指」，如《李爾王》中對暴風雨的渲染即為一種標引，暗以李爾王內心瘋狂的騷動和這個悲劇人物的命運。

⓫ 巴特這裡沿襲演化了尼采的語彙。在尼采看來，酒神精神體現了原始的神力，而日神阿波羅的力量則代表理性的科學精神。前者體現了激情和創造力，後者則是對前者的壓抑和羈絆。尼采因人類文化逐步失去酒神精神而悲哀，並期冀著「科學走到山窮水盡」的那一天。巴特這裡強調的是擺脫理性語言的樊籬，讓愛情衝動隨歌唱性的「我—愛—你」（而無語義內涵）自然抒發出來。

原注：
① 指普魯斯特的小說《追憶逝水年華》。
② 聖普桑，法國作家盧梭（1712—1778）的《新愛洛漪絲》（La Nouvelle Héloïse）中一個才華橫溢，睿智敏感的瑞士青年。他愛上了自己的學生朱莉葉。
③ 詳見普魯斯特《追憶逝水年華》第一卷「在斯萬家那邊」。
④ 波特萊爾，《戀人之死》。

戀人的慵倦

慵倦。這是情欲的一種微妙狀態：在欲望的流逝中戀人會感到慵倦；這與佔有欲毫不相干。

1.林神

森林之神說：我要讓我的欲望立刻得到滿足。如果我看見一張沉睡的臉，微啟的雙唇，鬆軟下垂的手，我就想撲上去。❶ 慵倦者與森林之神——迅速的象徵——迥然相異。我慵倦時，除了等待，什麼事都不幹：「我無休止地渴望著得到你。」（欲望無所不在；但是在戀愛中它卻變得極其特別：它成了慵倦。）

2.欲望 I

索萊

「那麼你說我的對象你最終總要答覆我想你我要你我夢見你為你反你回答我你的名字芳香四溢你的色彩光芒四射在刺叢中召回我的和著醇酒你給用晨曦做成一床被子我窒息在這面罩

下枯萎皺縮的皮膚什麼都不存在除了欲望」。❷

3.欲望Ⅱ

莎弗 「因為只要一看見你，我就說不出一句話來：我的舌頭全碎了，而且在我的皮膚下，忽然遊動起一條微妙的火流：我視而不見，聽而不聞，大汗淋漓，一陣戰慄攫住了我，我的臉色變得比草還青，我彷彿覺得自己就快完了。❸

4.讓人精疲力竭

會飲篇

維特

「當我親吻阿伽東時，我的靈魂來到了嘴唇邊，彷彿這不幸的靈魂就要離我而去。」①在戀人的慵倦裡，有某種東西在不停地消逝著，好像情欲就只是生命的流失，除此之外，它什麼也不是。②這就是戀人的疲憊：永不饜足，愛口大開③。或者：自我被完全投射出去，轉移到愛戀對象身上，他／她則取而代之：慵倦便是從自戀型利比多向戀偶型利比多的過渡，令人疲憊的過渡④。（有這樣兩種欲念：一種是對眼前實在的人產生的欲念，另一種是對並不實在或至少不在眼前的人產生的欲念：慵倦使這兩種欲念疊印在一起，將「缺席」納入「實在」。由此產生出一種矛盾狀態：這就是「甜蜜的灼熱」。）⑤

魯斯布魯克

佛洛伊德

考特吉亞

譯注：
❶ 林神（Satyre）在希臘神話中象徵自然的繁殖力，是酒神的伴侶；在希臘人的想像描繪中，他們形狀醜陋，豎髮尖耳，額上生有雙角，山羊腿；手中持有酒杯、酒神杖或樂器；喜酒、樂、舞及感官的享樂，故巴特用來與慵倦的戀人作對比。
❷ 菲力浦‧索萊（Philippe Sollers，1936—），法國作家，文藝批評家，《如是》雜誌的主要成員：《天堂》（Paradis）。
❸ 引自莎弗的作品。莎弗（Sappho，約西元前6世紀），古希臘女詩人，曾在家鄉勒斯波斯島教授婦女詩歌、音樂等。作品有抒情詩，包括頌歌、輓歌和諷刺詩等。著有詩集九卷，現僅存兩首完整的詩和殘句。

原注：
① 引自《會飲篇》。
② 維特：「不幸的人就在這慵倦中漸漸耗去他的生命，任什麼都改變不了這種趨勢。」
③ 魯斯布魯克：「當人站了起來，獻出了他所能給予的，卻搆不著他自己想得到的東西時，就會產生精神上的慵倦。」《魯斯布魯克選集》。
④ 佛洛伊德：「只是在種種戀愛狀態達到完滿時，利比多（libido）的主體部分才轉移到對象身上，對象也才在一定程度上取代了自我的位置」。《分析心理學概論》。
⑤ 考特吉亞語，轉引自盧日蒙（Rougemont）所著《愛與西方世界》，（L'amour et L'Occident）。

情書

信。這一情境指情書包含的特殊的矛盾關係，既是一片空白〔密碼化〕，又富有表現力〔充分顯示情欲的期冀〕。

1.我「想念」你

維特

（在公使處幹事時）維特給夏洛蒂寫的信總離不開這麼個框框：一、想到你讓人多麼欣喜！二、我處於一個瑣碎貧乏的境地裡，沒有你我孤獨極了。三、我遇見了一個人（馮·B小姐……），容貌很像你；我可以和她談論你。四、我盼望與你重逢。——像音樂主題一樣，這一資訊不斷被變換：我想你。

佛洛伊德

「想你」是什麼意思？這話意味著：把「你」忘了（沒有忘卻，生活就不可能）以及經常從那種忘卻中醒過來。通過聯想，許多事情將你牽入了我的語境②。「想你」便屬於這種轉喻。因為就其自身來說，這種思念是一片空白：我不是始終在想你；我只是使你不斷重新浮現於腦海之中（與我忘記你的程度相仿），我稱這種形式（這種節奏）為「思念」：除了我這是在告訴你「我沒有什麼可告訴你的」，其他便沒有什麼可多說的了：

歌德

為什麼我又給你寫信？

親愛的，你不應該問這樣的問題，

實際上，我沒有什麼要說的，

儘管這樣，你那纖手仍將捧讀我的彩箋。[3]

紀德

（《沼澤》，一本清空一氣的書。書中敘述者在他的記事簿上滑稽地寫道：「想起了休伯特」。）[1]

2.通信和關係

危險關係

麥德耶侯爵夫人[4]寫道：「你也許知道，你給別人寫信時，你是為那個人而不是為自己而寫的，所以你得注意，不要寫你自己怎麼想的，而應該寫得讓對方高興。」侯爵夫人並不是在戀愛；她假設的是書信應酬的情境，即如何使自己立於不敗之地，如何征服對方所使的手腕，這就要摸準對方的底細，信的筆觸涉及的面要與對方的形象相吻合（從這個意義上說，用correspondance [2]這個詞，從數學意義上講再確切不過了）。但戀人的情書卻沒有策略上的考慮，完全是表現性的──甚至於是取悅性[5]的（但這裡的取悅於對方並不是從自身角度考

A. C.

慮，而僅僅是一種奉獻的語言而已）；我是在與對方連結，而不是通信：兩個形象由此被連結在一起。維特給夏洛蒂寫道，你無所不在，你的形象是完整的。

3.不答覆

情書像欲望一樣期待著回音;它暗含懇求,希望對方回

字源學

信,因為如沒有回音的話,對方的形象就要改變,變成「他

人」。這正是年輕的佛洛伊德正色對他的未婚妻所作的解釋:

佛洛伊德

「不過我不想讓我的信總是有去無回。如果你不回信,我就擲

筆不寫了。圍繞著所愛的人進行的永無休止的獨白如果既得不

到心愛的人的更正,又得不到滋養,對相互關係的看法勢必會

引起變化,兩人重逢時會感到生疏,會不知不覺地感到事情並

不像我們原來想像的那樣。」⑥

　　(一個人要是接受了通信交流中的「不公平」,情願不停

地喃喃低語而不管是否有沒有應答,那他就有一定的自主權,

一種母親的自主權。)❸

譯注:
❶ 休伯特(Hubert,約656—728),法蘭克時代的大主教,後成為獵人的守護神。據
　說他在追獵牡鹿時曾無中生有地產生幻覺,從鹿之角看到了十字架。
❷ Correspondance一詞既可解釋為「通信」,又可作「同構」、「對應」解。
❸ 指可以隨意憑想像「生育」出對方的形象。

原注:
① 參見《少年維特的煩惱》的內容,第二篇,1771年1月20日。
② 佛洛伊德:對他的未婚妻瑪塔說:「啊,這個園丁,他多麼幸運,能庇護我深愛的
　人」《書信集》。
③ 佛洛伊德引自歌德。
④ 麥德耶侯爵夫人,法國作家拉格羅(Pierre Choderlos de Laclos,1741—1803)的唯一
　的書信體長篇小說《危險關係》(Liaisons dangereuses,1782)中的主人公。她被情
　夫柴古伯爵拋棄後,虛榮心大大受挫,於是便處心積慮、不擇手段地圖謀報復。
⑤ 與A.C.的談話。
⑥ 佛洛伊德,《書信集》。

絮叨

絮叨。這個詞是從伊格耐休斯・勞埃歐勒 ❶ 那兒借來，指一個人老是在絮絮叨叨，不厭其煩地糾纏自己創傷的痕跡或某一行動的後果：戀人絮語的一種鮮明的方式。

1.「撫弄」

歌謠

舒伯特

希臘文

「愛情讓我想得太多。」有時僅僅一點雞毛蒜皮的小事就會觸發我語言的昏熱，種種推斷、解釋、發揮紛至沓來。同時，我更能意識到一架自行運轉的機器，一架永不沉默的手搖風琴，搖手柄的是一個顫巍巍的不知名的過路人。❷ 一旦絮叨起來，反反覆覆，顛來倒去，怎麼也剎不住。有一次偶然想到一個「有效」的句子（我以為找到最確切的表現方式），這個句子便成了一個程式。我翻來覆去地念叨著它，越念叨就越覺得舒暢了許多（找到妙語真叫痛快）；我不停地咀嚼，吮吸它；像孩子或患反芻症的白癡一樣，我不斷地吞下自己的酸楚，然後又不停地反芻它。我紡啊，搖啊，織出一個曲折的戀愛史，然後又從頭開始（希臘文動詞meruomai的意思就是紡，搖，織）。

　　或者是，孤獨內向的小孩常常眼盯著自己撫觸外物的手指（但並不是盯著那些東西本身），這便是撫弄，並不是戲耍的一種方式，而是擺弄控制外物的儀式，有著固定的一套和強行的特點。③患絮叨症的戀人則不斷地撫弄自己的創傷。

2.信口開河

　　亨波爾特❷稱符號的自流為信口開河。我（內心裡）一直在信口開河，因為我無法打住話頭：符號像脫韁的野馬一樣恣肆。要是能勒住符號，迫使它就範，我也就能有個將息的機會了。要是能像給腿繃上石膏繃帶一樣給心靈繃上石膏，那該多好！但我怎麼也不能不思索，不自語；我不停地在內心拍電影，沒有導演來打斷，沒有誰會大喝一聲「停！」信口開河是人們一種特殊的不幸：我是個語言瘋子，沒有人理睬，沒有人注意，但（像舒伯特歌中的搖琴人）我一邊獨自低喃，一邊搖著我的琴。

3.出現高潮直至喧囂

　　我在扮演一個角色：我是止不住要哭的人；我又是為自己在扮演這個角色，恰恰是這點使我潸然淚下：我就是我自己看的戲。看到我自己哭泣又愈加催我傷心落淚；如果淚水漸少

了，我旋即又念叨起那刺痛我的言詞，於是便又涕淚漣漣。在我內心有兩個人在說話，調門越來越高，連珠炮似的，像古希臘劇中爭辯性對白：在雙重、多重的對白中出現高潮，直至最後的喧囂（丑角戲）。

維特

（Ⅰ. 維特數落了一通自己的壞脾氣後，「眼睛濕潤了。」

Ⅱ. 他在夏洛蒂跟前描述了一個送葬場面；他被自己所敘述的震撼人心的場面所深深打動，不禁掏出手絹來揩拭眼角。

Ⅲ. 維特寫信給夏洛蒂，向她描繪自己將來告別人世的景象：「此刻，我像一個孩子似的失聲痛哭，我說給你聽的這一切太感動人了。」③

雨果

Ⅳ.「二十歲的德博‧瓦拉摩小姐說，極度的痛苦迫使我停止歌唱，因為我自己的歌喉讓我止不住要哭。」）⑤

譯注：
❶ 伊格耐休斯‧勞埃歐勒（Ignace de Loyola，1491—1556），西班牙神學家、耶穌會始祖並立該會會法。他的《神功》一書爲戒規、禱文、自省錄集，旨在陶冶基督徒性情，灌輸基督教精神。
❷ 亨波爾特（Alexander von Humboldt，1769—1859），德國科學家、作家，曾旅居巴黎並用法文寫作，著有《宇宙論》等書。

原注：
① 15世紀歌謠。
② 舒伯特歌曲：「他赤著腳在水上趑趄前行，缽中空空。沒有人睬他，沒有人看他。狗衝著這位老人亂吠。但他旁若無人，一邊走，一邊搖著他的手柄，手搖弦琴永不沉默。」（「搖琴歌手」見繆勒詩集《冬之旅》）
③ 布諾爾‧貝特萊姆（Bruno Bettelheim），《空壘》（La Forteresse vide）。
④《少年維特的煩惱》。
⑤ 雨果，《石》。

最後一片葉子

信神。不管戀人受到哪種文化的薰陶，他的生活中總免不了
會有占卜問卦、求神還願的事兒。

1.占卜

舒伯特

「樹上還剩下屈指可數的幾片殘葉，我常常面對著它們
陷入沉思。我凝視著其中的一片，並把我的希望和它聯繫在一
起。當寒風吹動它時，我禁不住為之顫慄，倘若它一旦飄落，
唉，我的希望也就隨之消亡了。」①

為了能知天命，就必須有一個兩者必擇其一的問題（愛我
／不愛我），一個具有簡單變化的對象（飄落／不飄落）以及
一個外力（神、偶然、風），它標誌著變化中的一極。我老是
提同樣的問題（我會被人愛上嗎？），其答案只能是：一切或
烏有；我不明白事物在成熟，它們並不以人的欲望為轉移。我
不是辯證論者。辯證法認為：樹葉現在不會掉落，但它以後將
飄落；不過在這過程中，你自己會發生變化，而且不會再提同
樣的問題。

（我希望從每一個被我詢問的人那兒都得到這樣的回答：

「你所愛的人也同樣愛你；並且會在今天晚上向你表白。」）

2.心願

有時候，焦慮是如此強烈，如此揪心（從詞源上說，這正是「焦慮」一詞的本義）❶——比如等待所引起的焦慮——以至於必須幹點什麼。所謂「什麼」自然是一個心願：假如（你回來），那麼（我就要實現我的心願）。

X……的推心置腹：「他有生以來第一次在一個小教堂裡點燃了一支大蠟燭。他被這火焰的美驚呆了，覺得這動作並非那麼愚蠢。有何必要戒除這製造光明的樂趣？於是他又從頭開始，在這優雅的姿勢上（將新蠟燭湊到燃著的蠟燭上，輕輕摩擦它們的引線，細細玩味如何將它點燃，這親切而有力的光亮使他滿目生輝）寄託了越來越多、越來越模糊的心願，它們包含了——由於害怕進行選擇——世上一切不如意的事。」

譯注：
❶ 「焦慮」（angoisse）一詞來源於拉丁文，本義是「揪住，收緊」。

原注：
① 舒伯特所作的聲樂套曲《冬之旅》（共二十四首，以德國詩人繆勒的詩為歌詞）中的第十六首《最後的希望》。

「我真醜惡」

怪物。戀人忽然意識到他正在把愛戀對象塞進一個專制的羅網：他覺得自己從一個可憐蟲變成了一個可怕的怪物。

1.卑劣的戀人

柏拉圖

在柏拉圖所著的《斐德若》這篇對話錄中，詭辯派學者利西亞斯以及早年的蘇格拉底（在他尚未推翻自己先前發表的言論時）的表述都建立在這樣一個原則上：對被愛者來說，戀人（由於他的笨拙、遲鈍）是令人難以忍受的。隨後便列舉了各種各樣令人討厭的特徵：戀人不能忍受任何在愛戀對象眼裡顯得比他優越或甚至相等的人，他竭力貶低所有的情敵；他迫使愛戀對象與許多社會關係保持相當的距離；他費盡心機，想方設法使愛戀對象變得孤陋寡聞，對除了戀人以外的一切事物都全然無知；他內心希望愛戀對象喪失其最寶貴的一切：父母親及親朋好友；他既不要愛戀對象有家庭，也不願他／她有孩子；他就是這樣終日糾纏，令人煩厭，不論白天黑夜，他都不甘心被冷落；儘管已經年老體衰（這本身就夠膩味的了），他仍然像個專橫的員警，時刻都在鬼鬼祟祟地監視他的愛戀對

象，然而這決不妨礙他自己做出不忠誠或無情無義的事來。不管戀人是怎麼想的，反正他內心充滿了卑劣的情欲，他沒有寬容的愛。

2.可怕的東西

戀人的表述使對方窒息，使他／她在這口若懸河的宏論中找不到插話的空當。這並不意味著我在阻止他／她說話，而是因為我知道如何巧妙地運用代名詞：「我說，你聽我說，所以我們存在。」❶ 有時候，我滿懷恐懼地意識到這樣一種逆轉：我一向自以為是一個純粹的人（一個依附於他人的人：脆弱，過敏，可憐巴巴的），現在卻發現自己變成了愚鈍的東西，只知盲目行事，我的表述將所有的一切都碾得粉碎；我的愛情非但不受歡迎，反而使我歸於討厭鬼之列：讓人感到不快，妨礙、侵犯別人，使事情複雜化，強人所難，製造恐慌（簡而言之，不停地說話）。我真是大錯特錯了。

（對方則因為不得不保持沉默而變得面目全非，就好像在有些噩夢中，我們所愛的人下半邊臉完全給抹掉了，沒了嘴巴；而我則因為不停地說話也同樣變得面目全非：自言自語把我弄成了個鬼怪，一個巨大的舌頭。）❷

譯注：
❶ 法國哲學家笛卡兒有句名言：「我思故我在。」本文中的「我說故我在」顯然是個滑稽模仿，引自詩人彭榤（Ponge）。
❷ 原文langue既可指舌頭，也可指語言，此處應理解為雙關語的妙用。

無動於衷

漠然。戀人十分不安，因為愛戀對象對他的話〔談話或信件〕很少有反應，甚至於不作出回答。

1.遲鈍的反應

「你和他說話時，不管在談論什麼話題，X君似乎經常在看著別的什麼地方，聽著別的什麼：你覺得無趣，便戛然頓住；很長一段沉默以後，X君會說：'接下去說呀，我正聽著呢'；於是你又努力接著話頭往下說。說了些什麼，你自己也不相信。」

（像一個糟糕的音樂廳，感情交流的空間也有聲音無法抵達的死角。——而一個理想的談話者，你的朋友，難道不正是應該由他在你周圍造就最大可能的回音嗎？友誼不正是一個完全共鳴的空間？）

2.耗去才華

我得費好大的勁才能使他不走神。這讓我煞費苦心：我想方設法來循循善誘，來逗趣取樂。我總覺得在談話過程中我是在揮霍才華的珍藏；我白白耗去了我的「才華」：所有我自身能駕馭的情感、玄思、博識和溫柔都付諸東流了，在那個死氣沉沉的空間裡窒息了，好像──我簡直不敢再往下想──我的素質要高出我的情人一籌，好像我將他甩在身後了。戀愛關係是一台精密的機器，音樂意義上的協調一致，一絲不苟是最關鍵的；容不得一點差錯；嚴格地說，我說出的話並不是待清理的垃圾，而是「積壓的陳貨」：（流通中）沒有被消費，所以得銷毀掉。

（聽者的心不在焉讓人心裡七上八下：我是說下去，繼續「空」談？那就得硬著頭皮說下去，而敏感的戀愛心理又不容許這樣做。還是停下來，乾脆不吱聲？這又似乎是在賭氣，在指責對方，那又會引出一場「風波」。真讓人左右為難。）

3.不會說話的幽靈

沃爾

「所謂死亡，主要是指看到的一切都等於白看。為我們早已覺察到的不幸而痛惜。」在這些短暫的片刻裡，我空自絮叨，像具僵屍。愛人變成了鉛人，一個不會說話的夢中幽靈，

佛洛伊德

而在夢中，沉默即意味著死亡。❶或者還可以說，撫慰人的母

親將鏡子或圖景指給我看，並說：「那就是你。」但沉默寡言的母親並沒有告訴我我是誰：我不著邊際，飄飄忽忽，失去了生存的根基。②

譯注：
❶ 巴特這裡沿襲了佛洛伊德《三個匣子的主題思想》一文中的論述：「按照心理分析的觀點，我們便可以這樣說，夢中的『啞』就是『死』的慣常表現形式。……對莎士比亞劇本的一種理解，提醒我們注意到鉛的蒼白色」，由此不難理解巴特所用的「鉛人」意象的用意。

原注：
① 見弗朗索瓦·沃爾：《急流》。
② 出自佛洛伊德，《心理分析文集》中，「三個匣子」一文。

陰雲

陰雲。即在各種不同情況下影響戀人的壞情緒。

1.壞情緒是信息

維特在和夏洛蒂一起造訪某教堂的牧師時，對牧師的女兒
芙麗德莉克表現得親切殷勤。後者的未婚夫施密特先生的臉卻
因此顯得陰沉沉的；他拒絕加入談話。於是維特便開始攻擊起
壞脾氣來：它起因於我們的妒忌，我們的虛榮心，我們對自己
不滿意，卻將它轉嫁到別人頭上，等等。「那麼，維特說，就
請給我們找出那麼個人來，他雖說情緒不好，但還厚道，竭力
掩蓋自己的壞心緒，獨自忍受，不去破壞周圍人的歡樂！」這
樣的人當然不可能找到，因為壞情緒不是別的，恰恰是資訊。
由於明顯地表示出妒意不可能不引發各種不當的舉動（尤其是
「顯得荒唐可笑」），我只好轉移我的妒忌，僅僅造成一個派
生的、弱化的效果，好像這一切尚未了結，而且其真正的起因
也並未挑明；由於我既不能掩飾所受到的傷害，又不敢挑明原
因，那就只好讓步，採取折中方案；我捨棄內容，保留形式；
這一妥協的結果就是情緒，它就像一個符號的標引一樣可以被

維特

認出。這兒，您得注意了（有什麼事不順當）：我只是把我的
情緒擺到桌面上，暫且不提，今後視具體情況再決定是否拆
封，或袒露心跡（出於「解釋」的需要），或諱莫如深。（情
緒是狀態和符號之間的一次短路。）②

（無知：維特指責壞情緒，因為它使周圍的人感到壓抑；
然而他自己最後卻自殺了，這又造成另一種壓抑。殉情也許是
過了頭的情緒？）

J. L. B.

2.微妙的陰雲：人的敏感性

所謂壞情緒，是個粗俗的符號，是可恥的訛詐。但是還有
更為微妙的陰雲：一切細微的陰影，起因快且遊移不定，它們
掠過戀愛關係，改變光線和凹凸起伏；這樣，會突然出現另一
番景色，給人帶來一陣輕微而憂鬱的醉意。陰雲的意思正在於
此：我悵然若失。我的腦海裡一下閃現出失落的種種狀態，即
禪宗用來表示人的敏感性的代碼：孤獨（sabi），物體「令人難
以置信的自然性」給我帶來的憂鬱（wabi），懷舊（aware），
古怪奇特的事物造成的感覺（yugen）。「我幸福但我憂鬱」：
這就是梅莉桑達的「陰雲」❶。

禪宗

佩里亞斯

譯注：

❶ 梅莉桑達是法國印象派作曲家德布西（Claude Debussy，1862─1918）所作的五幕
歌劇《佩里亞斯與梅莉桑達》（Pelléas et Melisande）中的女主人公，劇情取自比
利時劇作家梅特林克（Maeterlinck，1862─1949）的同名劇作：梅莉桑達與自己丈
夫（王子戈朗）的異父兄弟佩里亞斯相愛，戈朗妒火中燒，殺死佩里亞斯，擊傷梅
莉桑達：肉體及精神的創傷終於奪去了梅莉桑達的生命，臨死前生下一女，戈朗追
悔莫及。此處係指梅莉桑達在與佩里亞斯幸福地幽會時，忽然感到在他們的愛情上
籠罩著不幸的陰影（因爲它被視爲亂倫）。此劇是印象派的代表作，故事情節不連
貫，表現出一連串象徵性的景象，飄忽不定的印象和感受，巴特用此例來表現說明
「陰雲」這一情境確實非常貼切。

原注：
① 詳見《少年維特的煩惱》。
② 與友人J.L.B.的談話。

「夜照亮了夜」

夜。任何一種狀態，只要它在戀人身上引發〔諸如情感的、智慧的以及存在的等等〕有關黑暗的隱喻，那就是我們這裡所說的夜；戀人正是在這樣的黑暗中掙扎或是平靜下來。

1.兩種夜

讓·德拉克魯瓦

我反覆感受到兩種夜：一好一壞。為了說明這一點，我求助於一種神祕的區分：estar a oscras（在漆黑中）會自行發生，無緣無故，因為我被剝奪了藉以照亮原因和結果的光線；而estar en tinieblas（在昏暗中）則會在這樣的時刻落到我頭上；我對事物的過分迷戀以及由此造成的混亂使我變得盲目。①

魯斯布魯克

我經常陷入自身欲望的黑暗之中；我不知道它（我的欲望）到底要什麼，善本身對我來說也成了惡，一切都在鳴響回蕩，我生活在紛亂嘈雜之中：estoy en tineblas（在昏暗中）。但有時候，又會出現另一種夜：我獨自一人，作沉思狀（也許這是我給自己安排的一個角色？），平心靜氣地望著對方，實實在在地，不加虛幻的色彩；我收起一切闡發；我進入了無為之夜；欲望繼續顫動（黑暗是半透光的）②，但我不想捕捉任何東

西；這種夜是非贏利的，是難以覺察的、極微妙的消費之夜：estoy a oscuras（在黑暗中），我待在那兒，單純而又安詳地坐在愛情的黑色內府之中。

2.一種夜包容另一種夜

讓·德拉克魯瓦

第二種夜包住了第一種夜，黑暗照亮了昏暗：「夜是黑暗的，但它照亮了夜。」 我並不想用決心、支配、分手、奉獻等——簡言之，用動作——來擺脫戀愛的絕境。我只不過用一種

道家

夜晚去替代另一種夜晚。「玄之又玄，眾妙之門。」

原注：
① 讓·德拉克魯瓦（Jean de la Croix，1542—1591）語，引自讓·巴魯茲（Jean Baruzi）所著的《聖讓·德拉克魯瓦傳》第308頁，Alcan版。
② 魯斯布魯克「半透光的夜」；《魯斯布魯克選集》第二十六章。
③ 同注①。
④ 道家學說：「常無欲以觀其妙；常有欲，以觀其徼。此兩者，同出而異名，同謂之玄，玄之又玄，眾妙之門。」（《道德經》一章）

綢帶

物體。任何物體，一經愛戀對象的觸碰，就成了這身體的一部分，戀人也就懷著一片癡情迷上了它。

1.借代

維特

　　維特的戀物舉動真是層出不窮：他親吻夏洛蒂在他生日時送他的綢帶，她寫給他的書信（甚至把沙子都弄到了嘴唇上），❶ 以及她碰過的手槍。從愛戀對象的身上，生出一股力來，勢不可當，滲透到一切它拂掠過的東西中；甚至愛戀對象的目光也有同樣的功效：由於不能親自去見夏洛蒂，維特便差了僕人前往；因夏洛蒂的目光曾落在僕人身上，那麼對於維特來說，這僕人也就成了夏洛蒂的一部分（「若不是顧忌閒言碎語，我真想把他〔僕人〕的腦袋捧在手心裡好好吻一下。」）。每一件經過如此這般祝聖的物品變得如同波倫亞之石一般，白天吸進的光線到了夜裡再放射出來。❷

拉岡

　　（他把發律斯〔Phallus：男性生殖器形象〕放在了母性的位置上——他自比為男性生殖力的象徵。維特要把夏洛蒂送給他的綢帶一同帶入墳墓；他緊貼著母性形象——書裡特別提示

了這一點——長眠在墓穴中。）❸

　　有時候，借代物（指被愛戀對象觸摸過或僅僅被其目光掠過的物品——譯者注）彷彿意味著愛戀對象確實近在眼前（由此產生出歡樂）；有時候，它又意味著愛戀對象的失落（由此帶來憂傷）。那麼面對借代物，我的閱讀根據又是什麼？如果我恰好心滿意足，那麼物品對我來說就是吉祥的；如果我感到自己被遺棄了，那它就是不祥的。

2.季節語

　　愛情世界除了這些戀物之外，不存在任何其他東西。這是個貧乏、乾枯、抽象、頹敗的世界；我的目光穿過事物，但並不感到它們的誘惑；我只感覺到「嫵媚的身體」，除此之外，不再有任何感受。外部世界中唯一與我的處境相關聯的，就是白晝的顏色，彷彿「天氣如何」就是想像的一種尺度（形象既非七彩斑斕，也非深不可測；但它具有光和熱的所有細微差別，與戀人身體相通，後者總是從總體和結合的角度去感覺，是好，還是不好）。在日本俳句中，規則要求始終要有一個與一天或一年中的某一時辰相對應的詞；這就是kigo，季節詞。❹ 戀人的標記方法從俳句中吸取了kigo，這是對一切侵蝕、彌漫之物——雨、夜、光等等——的微妙的影射。

俳句

譯注：
❶ 18、19世紀在尚未使用吸墨紙之前，人們書寫後往往撒上細沙以吸乾墨水，而維特因急於去吻夏洛蒂寫給他的信，以致將細沙弄到了嘴裡。
❷ 指發現於義大利波倫亞附近的一種帶發光物質的礦石。
❸ 巴特提示此處引用了精神分析學家拉岡（Jacques Lacan）的觀點；由於未進一步注明出處，故難以確定這裡的「發律斯」在小說中的指代物或根據究竟是什麼；這個詞本指男子生殖器形象，是古代男子生殖力的象徵；在精神分析學中，也指戀母情結；由於在維特眼裡，夏洛蒂是母性的化身，因此從分析心理學的角度來看，他的愛帶有明顯的戀母特徵；小說裡確實提到他要到另一個世界去見（夏洛蒂的）母親，而這母親正是夏洛蒂（「你的母親，就是你的影子呀！」）；紅綢帶陪他入葬象徵著夏洛蒂與他同在，而他要在另一個世界裡作爲男人、丈夫與她結合，佔有她，實現他在人世間不能做到的事情。
❹ 比方要表達夏天，「夏」字不能直接出現，而要用「荷花」表示。

原注：
① 出自《少年維特的煩惱》。

淫穢的愛

淫穢。雖說現代輿論將多愁善感的愛情貶得一文不值，可它在戀人眼裡卻意味著某種強烈的反叛，正是由於這個原因，戀人往往陷於孤獨，被人遺棄；由於價值觀的逆轉，如今正是這種多愁善感性造成了愛情的淫穢。

1.例證

拉岡

淫穢一例：每當我們使用「愛情」一詞時，就構成了淫穢（假如人們出於嘲弄而變成「amur」時，就不再有淫穢了）。❶

又一例：「歌劇院之夜：一個蹩腳透頂的男高音出現在舞臺上；他像根木樁佇立在那兒，面向觀眾，對站在他邊上的他所愛的女人表達愛情。我就是這個歌手：好似一個肥大的動物，又淫穢又笨拙，一束強烈的燈光射在身上，我唱著一首完全合乎規範的詠歎調，目不斜視，根本不看我愛慕的、傾訴愛情的對象。」

再一例：夢境：我正在講授「有關」愛情的課程；聽眾都是比較成熟的女性：我是保爾·熱拉爾迪。❷

第四例：「他當時並不以為這個詞（愛情）會被如此頻繁地重複。相反，這兩個音節終於使他感到厭惡，使他聯想起了什麼，某種東西，就好像摻了水的牛奶，白裡泛青，說甜不甜的……」①

湯瑪斯·曼

最後一例：我的愛情是「一個極端敏感的性器官，它（顫慄著）使我發出可怕的叫聲，那是既壯麗又無恥的射精的叫聲，我沉湎於這種心醉神迷的奉獻──一個面對妓女們放肆嘲笑的、赤裸裸、淫穢的犧牲品的奉獻。」②

巴達耶

（我甘願領受人們對激情所表示的貶斥蔑視：以前人們是以理性的名義這樣做〔萊辛在評論《維特》時說：「為了使這樣一個狂熱的創作不至於造成更大的損壞，不至於弊大於利，您不覺得有必要給它加上一個冷靜的結尾？」〕，如今卻是以「現代性」的名義：只有「大眾化」的東西人們才樂意接受〔「真正的民間音樂，大眾的音樂，平民百姓的音樂，是向群體主觀性的洶湧浪潮敞開大門的，而不會接受任何唯一的主觀性，任何離群索居者的華麗而又多愁善感的主觀性……」達尼埃爾·查理，《音樂與遺忘》。〕）

2.戀愛的文人

碰到一個正在戀愛的文人：對他來說，「承擔」（不屏絕）那種極端的蠢話，也就是他自己說的地地道道的蠢話，那跟巴達耶的人物當眾脫得一絲不掛沒有什麼兩樣；這是不可能

和走極端兩者的必然形式，像這樣的一種卑鄙無恥，任何違抗性的表述都不會再加以回收利用，而且它徹底暴露在反道德的倫理主義壓力下，毫無庇護。由此他斷言自己的同時代人都是單純的人：他們以新道德觀念的名義貶斥愛情的多愁善感性：「現代精神的顯著標記並不是謊言，而是天真，它體現在騙人的倫理主義中。處處去發現這種天真──這也許就是我們工作中最令人厭惡的部分。」③

尼采

　　（歷史的逆轉：如今性不再是什麼見不得人的東西，相反，丟人的倒是多愁善感的愛情──人們以另一種道德觀念的名義將其排斥。）

3.戀人的蠢話

　　戀人陷入了癡迷（他「轉移了價值感」）；但他的癡迷是愚蠢的。還有誰比戀人更蠢呢？他是如此愚蠢，以至於沒有任何人敢於公開採用他的表述而不借助於某些嚴肅的仲介形式：小說，戲劇，或是小心翼翼的分析。蘇格拉底身上的精靈（正是這一位首先在他身上說話）對他悄悄說：「不。我的精靈，恰恰相反，是我的愚蠢：就像尼采那倔驢，在我的愛情王國裡，我對什麼都說是。我強頭倔腦，不肯學乖，老是重複同樣的舉動；人們沒法教化我──而我也確實不可理喻；我的表述從來不假思索；我不會三思而後言，出口成章，再配上眼神，引導等等；我說起話來總是脫口而出；我堅持這樣一種癡迷：

有分寸，循規蹈矩，審慎，馴服，被文學弄成了平庸俗物。

（愚蠢，就是措手不及。戀人向來如此；他來不及改換方式，繞圈子，掩飾。也許他知道自己的愚蠢，但他並不擯棄它。或者說，他的愚蠢就是劃分界線，某種反常狀態；真笨，他說，但……這是真實的。）

4.過時

一切不合時宜（落後於時代）的東西都是淫穢的。作為（現代的）神明，歷史是專制的，不允許我們不合時宜。我們從過去的歷史中只需承繼廢墟，古跡，拙劣的藝術品或仿製品，這很有趣；這個過去，我們將它縮減為一個僅存的標記。多愁善感的愛情確實過時了，但這過時的愛情甚至無法轉現為場景：愛情一旦超越有關時間便會墮落；我們不能強塞給它任何歷史的、論戰的意義；正是由於這個原因，它才是淫穢的。

5.不合時宜

戀愛中發生的一連串事件其實沒有任何意義，而這種極其嚴肅認真的無為恰恰就是不合時宜的。當我由於沒有等到愛戀對象的電話就當真想像要如何自殺的時候，就會產生一種淫穢，它與薩德描述的教皇與火雞交媾的故事所引起的淫穢不相

薩德

上下。但情感上的淫穢相對來說不那麼怪誕，正因為如此，它就更下流；沒什麼比這樣一個戀人更不合時宜的了：只要對方稍微顯得有點心不在焉，他便徹底垮了，而世界上還有那麼多人正在餓死，還有那麼多國家的人民正在為了他們自身的解放在進行著艱苦的鬥爭，等等。

6.多愁善感／性開放

如今，由社會規定的、對所有出格行為徵收的道德稅對激情的打擊超過了對性欲的打擊。對X……在性欲上有「很大的麻煩」，人人都表示理解；但是對Y……情感上的巨大難題則無人感興趣；愛情之所以是淫穢的（不合時宜的），恰恰在於它用情感代替了性欲。像那個「多愁善感的老洋娃娃」（福利葉）在戀愛的時候猝死恐怕跟菲利克斯·佛爾總統 ❸ 躺在情婦懷裡突然腦溢血發作顯得同樣的淫穢。

（《咱倆》（畫報名稱）比薩德更淫穢。）

7.淫穢的實質

愛情的淫穢實在是太過分了：什麼都不能收錄它，賦予它某種違抗的價值；戀人的孤獨是醜陋的，不帶任何裝飾；沒有哪個巴達耶能用一種文筆去表現那樣的淫穢。

戀人的文本（勉強算作文本）是由微不足道的顧影自憐的情感以及平庸的心理活動所構成；它毫無崇高可言，或者說，它的崇高（從社會的角度來說，又有誰承認它呢？）無法與任何其他通常的崇高相比，甚至趕不上「低級唯物主義」所具有的崇高。因此，淫穢要真正與肯定吻合，與阿門 ❹、與語言的局限相吻合是不可能的（或稱為不可能的瞬間）（所有能夠像這樣言傳的淫穢都不再是極度的淫穢：當我自己這樣提到它時，哪怕只是借助於一個閃爍其辭的情境來談論它時，我就已經被「回收」了 ❺ ）。

譯注：
❶ 拉岡語。〔在法語中，愛情是「amour」，其第三個母音是〔 u 〕，相當於中文拼音裡的「u」（注音符號的「ㄨ」），而「amur」中第二個母音則發成〔 y 〕，相當於我們拼音裡的「ü」（注音符號的「ㄩ」），發音的不同自然造成聽者感受的不同。〕
❷ 保爾・熱拉爾迪（Paul Gèraldy, 1885—？），法國劇作家，以寫愛情劇著稱，擅長刻畫戀人微妙的心理狀態、情緒，情人之間的甜言蜜語，卿卿我我；代表作有《愛》（Aimer）等等。
❸ 菲利克斯・佛爾（Félix Faure，1841—1899），法國政治家，第三共和國總統（1895—1899）。
❹ 參見「我愛你」篇關於「阿門」的注解。
❺ 回收（récupérer）是巴特的書中經常出現的一個詞，指用巧妙的手法使某人或某團體放棄其過激的言論或行為，回到傳統的立場，以打消其破壞性的特徵。戀人的情緒、感受與社會的習俗、規約格格不入，同時也只能意會，不能言傳，因為，一旦用社會所認可的、約定俗成的語言來表示它，那麼藉以界定戀人的特殊性——他的情感也就受到了侵犯，戀人也就不再成其為戀人了。

原注：
① 湯瑪斯・曼（Thomas Mann），《魔山》（La Montagne Magique）。
② 巴達耶（Georges Bataille），《松果眼》（L'oeil Pinéal），《巴達耶全集》第二卷。
③ 尼采《道德譜系論》（La Généalogie de la Morale）。

眼淚頌

哭泣。戀人易於哭泣的稟性及流淚的具體表現方式和功用。

1.當男人哭泣時

戀愛中的一點點起伏波動，不管是喜還是悲，都會引得維特
潸然淚下。維特動不動就哭泣，經常流淚，並且是淚如泉湧[1]。
維特究竟是作為一個戀人落淚，還是作為一個浪漫傷感者掉淚？

　　動輒就哭得像個淚人似的，這也許是戀愛中人特有的氣
質？男兒最忌輕易落淚：要借此來顯示出男子漢氣概，但維特
卻一任自己受想像的擺佈，根本就不管那套忌諱（皮雅芙唱，
「大爺，你怎麼哭了！」所表現的滿足與母性溫柔[1]）。他毫不
節制地哭個痛快，完全是聽任自己處於戀愛中的身心節奏。戀
人的身心是沉浸貫注的：一個液體的擴張體：一起哭泣，一起
漂浮；維特與夏洛蒂共吟克洛普施托克[2]後，一起灑下了令人
回味的淚水。戀人何以能毫無顧忌地失聲哭泣呢？如果價值觀
念的顛倒不是關鍵的話，首要的答案便是他的身體‧他重新發
現並認可了自身中嬰孩的身體。

維特

再進一步來看，戀人的身體上又可疊加歷史的軀幹。誰願意去寫出一部有關眼淚的歷史？我們曾在什麼社會形態、什麼歷史時代裡流過淚？究竟是從什麼時候起，男人們（而不是女人們）便不再落淚②？為什麼「敏感」不知從什麼時候起變成了「傷感」？男子漢的形象總是在變；希臘人和我國17世紀的觀眾都曾在劇場裡涕淚漣漣。據米歇萊❸記載，聖路易❹為自己沒有掉淚的天性而痛苦不堪；有一次，他感到眼淚沿面頰緩緩流下，「那淚水不僅對他的內心，而且對他的舌頭都那麼津津有味，令人愜意。」（與此相似的還有：1199年，一個年輕的僧侶專程趕到布拉邦特❺天主教僧寺院期冀通過那裡僧侶的祈佑獲得掉淚的能力。）

尼采的問題：歷史與個性類型是如何結合的？不正是個性類型鑄造形成了永恆的東西？我們的社會抑制了它自身的、包含於眼淚中的永恆的東西，使哭泣的戀人成為一去不復返的舊事。戒除哭泣又是為了社會的「健康」。（侯麥❻的電影《O氏侯爵夫人》中的戀人聲淚俱下，觀眾們卻嗤嗤地竊笑。）

2.方式

也許「哭哭啼啼」太丟人現眼：也許不必把所有的眼淚都看得那麼重；也許在同一個戀人身上有好幾個自我以相近但又不同的方式在「哭」。那個「眼眶裡噙著淚水的我」究竟是

誰？那個在某一天「眼睛濕潤」的另一個「我」又是誰？那個「放聲痛哭」的我，醒來後卻「淚如泉湧」的我又是誰？如果說我會以各種方式哭泣的話，這也許是因為每當我哭泣時，我總有不同的對象。我將哭泣變成了一種要脅的手段，通過淚水向我四周的人要脅。

3.眼淚的功能

我通過哭泣來打動對方，對他施加壓力（「看看你將我弄成什麼樣子了」），對方便可能——常情就是這樣——被迫要表示公開的同情或冷漠；但我也可能衝著自己哭。我讓自己落淚，為了證實我的悲傷並不是幻覺：眼淚是符號跡象而不是表情。借助淚水，我敘述了個故事，我敷設了一個悲痛的神話，然後便將自己維繫其上：我與它俱生，因為通過哭泣，我為自己設立了一個探詢者，得到了「最真實的」訊息，身心的、而不是口頭的訊息：「嘴上說的算什麼？一滴眼淚要管用得多。」[3]

舒伯特

譯注：

❶ 法國名歌手皮雅芙（Edith Piaf）於1959年唱紅的名曲〈大爺〉（Milord）。

❷ 克洛普施托克（Friedrich Gottlieb Klopstock，1724—1806），德國詩人，曾作《春祭頌》（Die Frühlingsfeier）一詩，歌頌雷雨後的春天。在《少年維特的煩惱》中，夏洛蒂與維特在一次雷雨後觸景生情，情不自禁地回味克洛普施托克的詩句，竟熱淚盈眶。

❸ 米歇萊（Jules Michelet，1798—1874），法國著名歷史學家，著有長達十六卷的《法國史》，還著有《愛情篇》等著作。

❹ 聖路易——法王路易九世。

❺ 布拉邦特（Brabant），古代西歐郡縣和公爵領地，約為現在的荷蘭境內的北布拉邦特和比利時的安特衛普和布拉邦特。

❻ 侯麥（Eric Rohmer），法國現當代電影評論家和導演，代表作有《午後戀情》（1972）等六部「道德劇」片。《O氏侯爵夫人》是他1975年攝製的影片。

原注：

① 《少年維特的煩惱》：「一同落淚」。

②③ 舒伯特《眼淚頌》，由A.W.施萊格爾作詩。

閒話

閒話。戀人因心上人成了別人「閒話」對象並被大家隨便談論而感到的難堪。

1.在法勒區 ❶ 的路上

在法勒區的路上 ①，一位寂寥的旅行者看到前面有人在趕路，便趕上前去請他講講阿伽東 ❷ 舉辦的宴會。由此產生了戀愛的理論：偶然的機會，寂寥，想找個人聊聊。或者，要是願意的話，走三公里聊三公里。亞理斯脫頓參加了著名的大筵會；他將筵會的盛況講給亞波羅多柔聽，而亞波羅多柔則在法勒雍區的路上又講給格羅康聽（一個據說是沒有什麼教養的人），接著，通過書本的媒介，這事又傳到了我們這裡，我們又繼續談論這事。由此可見，《會飲篇》不僅是「對話錄」（我們討論某問題），而且還是一通閒話（我們一起談論別人）。

這部著作涉及了兩個通常被人們忽略了的語言學問題——因為正統的語言學關注的只是語言的資訊。第一個語言學問題提出假設：任何問題的提出都是置於對話的格局中。在談論風

流韻事時，鄰座之間不僅面對面、位子靠位子地交談 ②（《會飲篇》中坐榻的放置安排很有講究），而且還說明泛泛而談中提及的愛情將他們聯結到一起（或他們所設想的聯結別人的紐結）。這便是「談話」的語言學問題。第二個問題：說話的話題總是圍繞著別人；如格羅康和亞波羅多柔談到會飲，談到愛情，就是談論蘇格拉底，阿爾豈比德 ❸ 和他們的朋友。話題是通過閒話聊出來的。活躍的語言學（研究語言的活力）包括兩個必不可少的語言問題：對話（與別人談話）以及談論（議論某人）。

2.真理的聲音

維特

雖然維特還沒有認識夏洛蒂：但在乘車前往舞會的途中，一位朋友——閒話的聲音使維特獲益不少——談起了不一會將使維特心馳神往的倩影：她已經訂了婚，他不該迷戀上她，等等。由此，閒言碎語概括並預告了即將要發生的故事。閒話是真理的聲音（維特真要愛上一個已經屬於別人的對象），這個聲音又有著神奇的力量：那個朋友是個邪惡精靈，她表面上規勸警告，實際上在預告引誘。③

那位朋友在談論時，說話直來直去（精靈無所顧忌）：說閒話輕巧而又冷漠，由此便帶有一定的客觀性；簡單說吧，這聲音是說真話的另一種替代方式。兩者都是直截了當。每當我聽到知識科學的聲音時，我簡直就像聽到了閒話的聲音；它輕

鬆自如，毫無顧忌，客觀地描述並挑剔我所偏愛的對象：它是
按照事實說話。
. . . .

3.他／她

　　閒話將對方歸為「他／她」，這種歸納簡直讓人受不了。
對方對我來說既不是「他」，也不是「她」；對方只有一個名
字，他自己的名字。第三人稱代詞是個令人不快的人稱代詞：
它是非人格化的代詞，總意味著空缺、取消。人們的議論劫掠
了我的心上人，還給我的僅是沒有血肉的一個通用的替代，適
用於不在場的一切東西。每當我意識到這些，我彷彿看到我的
那一位已經死去，被擠壓在一個甕子裡，擱置於語言大陵墓的
墓壁上。在我看來，對方不應該是一個被指：你就是你，我可
不想讓人家對你評頭論足。

譯注：
❶ 法勒雍（Phalère）區在雅典西南，離城約三公里。
❷ 阿伽東（Agathon），古希臘悲劇家。因其悲劇上演獲獎，邀請好友在家會飲慶賀，
　並以座談代替樂使。在座的每人輪番作一篇愛情禮贊，連綴成篇便是《會飲篇》。
❸ 阿爾豈比德（Alcibiade），《會飲篇》中出現的古希臘少年政治家。他醉醺醺地趕
　來祝賀。在座人請他接著別人作一愛情禮贊，他禮贊的卻是蘇格拉底。古希臘流行
　同性戀，蘇格拉底與阿爾豈比德亦有這種關係。

原注：
① 見柏拉圖《會飲篇》開頭部分。
② 《會飲篇》：阿伽東：「這裡，蘇格拉底，請坐在我旁邊，好讓我挨著你，就可以
　沾到你在隔壁門樓下所發現的智慧。」又見阿爾豈比德的出場。
③ 《少年維特的煩惱》。

為什麼

爲什麼。儘管他一再自問，爲什麼自己得不到愛情，戀人仍相信他心上人是愛他的，只不過是不願說出來罷了。

1.warum〔爲什麼〕

尼采

對我來說，有一個「更高的價值」：我的愛情。我從不對自己說：「這有什麼用？」我不是虛無主義。[1] 我也不為探討目的性的問題傷腦筋。在我單調的話語裡，除了個別例外，幾乎全都是：但你又為什麼不愛我呢？愛情將我造就得如此完美（我付出了那麼多，我帶來了那麼多歡樂……），人家為什麼不能愛這個我呢？儘管一段浪漫經歷已成為往事，可疑惑仍纏繞心頭：「你為什麼不愛我呢？」或者：O sprish, mien

海涅

herzallerliebstes lieb, warum verliessest du mich？——哦，告訴我，我心上的人，你為什麼拋棄我？[2]

2.一點點愛

　　很快（或同時），「你為什麼不愛我」這個問題變成了「你為什麼僅僅只給我那麼一點點愛？」你怎麼能夠做到僅給一點點愛？給「一點點」愛，什麼意思？左右我生活的要麼是太多，要麼是太少；我期冀的是珠聯璧合，因此任何不完善的東西都是吝嗇的表現；我企求的是進入一種境界，在那兒再也看不出量的多少，也不用患得患失。

　　再就是──因為我是唯名論者，我又得問：你為什麼不告訴我你愛我？

3.妄想：有人愛我③

佛洛伊德

　　而實情是──這真是個絕大的矛盾──我從未懷疑過我是被愛著的。我的欲望托形於我的幻覺，給我留下創傷的不是懷疑，而是情人的負心；而只有戀愛的人才談得上負心，只有相信自己被愛著的人才會嫉妒；而對方動不動就有負於自己，不愛我──這正是我所有悲哀的根源。只有從妄想中醒過來，妄想才存在，不然就談不上妄想（只有追溯過去的妄想）；一天，我忽然領悟了我的生活是怎麼一回事：我過去一直是以為我是因為沒有得到愛而痛苦，而實際上是因為我以為別人是愛我的而痛苦；我生活在一團亂麻中，以為自己同時是被愛的又是被拋棄的。誰聽了我這番心聲都會發問，像對待小孩子似

的，他到底想要什麼啊？

（我愛你變成了你愛我。一天，某君收到了一束蘭花，來歷不明：他立即憑臆幻推斷出花的來歷：一定是愛他的人送來的；而愛他的人也一定是他愛的那個人。經過多方打聽，他才弄清這原來是兩碼事：愛他的人並非就是他所愛的人。）

原注：
①尼采：「虛無主義意味著什麼？更高的價值不斷失去它們的價值。漫無目標，對『這有什麼用？』這樣的問題無言以對。」
②引自海涅《抒情的間奏曲》。
③佛洛伊德，《形上心理學》。

搶劫／陶醉 ❶

搶劫／陶醉。所謂初級階段〔儘管事後可以重溫〕，戀人被意中人的形象「搶劫／陶醉」〔被俘虜，銷了魂，通常稱為「一見鍾情」；咬文嚼字：「心旌神搖」〕。

1.誘拐，劫持，創痛

傑狄狄

　　語言（詞彙）早就溝通了愛情與戰爭：在這兩種情形中，都免不了要征服，搶劫，俘虜，等等。❶每當一個人「墮」入情網，他總是在重演一段古代生活片段。那時的男子得搶劫婦人（以便與異族通婚），所有一見鍾情的戀人都有點撒賓 ❷ 風俗的味道（或其他什麼著名的被擄者）。

　　不過，這裡有一個有趣的回環：古代神話裡的擄掠是主動的；他搶劫被擄對象，他是姦淫的主方（就像人們所熟知的，其客方是一女子，始終為被動的一方）；在現代神話裡（關於熱戀的神話），情況恰恰相反：搶劫者什麼也不想要，什麼也不幹；他是靜止的（像個畫像）；被搶劫的客方才是強奪的真正主方；被擄的客方成了戀愛的主方，征服的主方成了被愛慕渴求的客方。（古代生活的模式的遺風依然可辨；被勾了

魂的戀人實際上是女性化了。）這一逆轉的原因也許在於：對於我們來說，「主體」（自從基督教問世以來）總是痛苦磨難者。❸哪裡有創痛，哪裡就有主體：「痛苦啊！痛苦啊！」帕西伐❹呻吟道，由此才成了「他自己」；內傷（內心）愈深，主體愈加成為主體：主體意味著一種切近（「創傷……是一種切膚之痛」②）。愛情的創傷便是這樣：深深的裂縫（直至存在的「根基」），無法彌合。主體從中吮吸，而在吮吸的同時又在構造自己的主體③。可以想像，撒賓女子先是受到傷害，然後才成了愛情故事的主體。

帕西伐

魯斯布魯克

魯斯布魯克

2.催眠狀態

　　一見鍾情是迷醉；我被一形象深深吸引：先是打動，震撼，驚呆，像梅隆被人們崇拜的偶像、光彩奪目的蘇格拉底「鎮得目瞪口呆」一樣❺；或者像是鬼使神差，分不清孰為愛情之路，孰為走向大馬士革的通途❻；然後是陷得很深，手足無措，動彈不得，鼻尖貼著畫面（鏡子）。對方的形象第一次劫擄／陶醉了我。此時的我充其量不過是耶穌會會士阿達那士‧基赫歇（1646）筆下的那隻奇妙的母雞：雙足被縛，眼睛盯著一條白粉線，視線沿著這條離其喙不遠地方的白線挪動。漸漸它便昏然入睡。被鬆綁後，它仍舊一動不動，被迷住了，就像耶穌會士說的那樣「聽任它的征服者擺佈」；要想將它從癡迷中驚醒，從妄想的奇想世界裡拽回來的話，只消在它翅膀上輕

基赫歇

輕地拍一下；它渾身一抖擻，便又在泥土中啄食了。

3.身心清靜

佛洛伊德

據說癡迷階段之前通常有一個朦朧階段：那時人有點百無聊賴，毫無防備，對猝然而至的擄劫往往不知不覺就束手就範。維特就是這樣。在遇到夏洛蒂之前，維特不厭其煩地描述

維特

他在威瑪的瑣碎生活：沒有社交活動，沒有消遣，只是讀讀荷馬史詩，在淡泊清閒的生活中消閒度日（他只做些豌豆吃）。這種「妙不可言的清靜」實際上是一種等待——一種欲望：我從未戀愛過，因為我沒有過欲望；我所達到的身心清靜（為此，我像維特一樣自以為是地沾沾自喜）實際上正是那個階段，或長或短；此時，我左顧右盼（儘管裝得沒那回事），揣摩著應該去愛誰。當然，愛情需要發洩，就像動物發情一樣；誘發引動是偶然的，但機制卻是潛在的、有規律的，就像動物的季節交配一樣。但關於「一見鍾情」（突如其來，猝不及防，身不由己，自己什麼也沒插手）的神話影響那麼大，要是有人說他準備墮入情網的話，我們一定會吃驚不小。阿芒都在

七日談

卡達羅尼亞總督府裡見到弗羅莉達時：「他凝眸注視了她好長一會兒，然後決定去愛她。」倒也是，我要斟酌一下我是否必須發瘋（愛情是不是我企求的那種瘋狂呢？）

4.微妙細緻之處

　　動物世界裡性欲機能的發洩並不講究什麼特別的個體，充其量只不過是一個形式，一種花俏的戀物（由此引起人們種種奇想）。迷人的形象之所以給我（像感光紙一樣）留下深刻印象，並不在於細節的疊加，而是由於這樣或那樣內返。對方一瞬間觸動我（使我陶醉）的是那聲音，那肩膀的線條，身段的輪廓曲線，手掌的溫馨，笑容的舒展，等等。那麼，形象的美感又有什麼關係呢？對方身上總有些什麼正好符合我的願望（究竟是什麼，我也說不清楚）。有時，對方恰好符合一種令我陶醉的卓絕的文化原型（我恍惚覺得對方像是出自過去的藝術家的畫筆）；有時情況恰好相反，對方的形象又像一個飄忽無定的幽靈揭開我的傷疤：我戀愛時便有些入俗 ⑤（完全是由對方引起的）：對方身上有一些稍縱即逝的微妙細緻之處：手指輕輕（但極有分量）分開的動作，伸腿的樣子，吃飯時嘴唇多肉部分的啟合，就一些細小事情的忙碌，短短一刻裡的傻乎乎相，泰然自若的樣子（對方的「瑣碎」之處之所以動人也許是因為有那麼一瞬間，我突然從對方身上發現了——當然這與他／她整個人是分離的——一種類似妓女的姿勢神態）。一個輕微的舉止，一個不易令人察覺的姿勢，簡單說吧，一個分解圖（運動中、景象中、生活中的身體）便是對方楚楚動人之處。

福樓拜

字源學

5.圈在門框當中

維特跨出馬車後，第一次見到了夏洛蒂（他便愛上了她）⑦。

維特

夏洛蒂正好被圈在她家房子的門框當中（為孩子們切麵包——一個人們經常討論的著名場景）：我們首先愛上的是一個場景⑧。

拉岡

若要一見鍾情，要有突如其來的符號跡象（使我不知所措，一任命運擺佈；恍恍惚惚，失魂落魄）：在各種各樣的場面中，這個場景似乎最宜初次照面：幕啟處，從未見到過的人這時整個兒地亮了相，然後便被眼睛吞入；觸目所見的便是一切，我再也無法平靜，這個場面捧出了我要愛的人。

不管是什麼東西，只要位於一個圈框或夾縫中就能搶佔我的身心：「我第一次看到X是通過車窗玻璃：車窗不斷變換景象，像是在人群中替我尋覓什麼人去愛；接著，頓住了，是按照我的願望才那麼不偏不倚？我目光停駐在那個飄忽的身影上，然後一連幾個月牢牢盯住；而他呢，一個有血有肉的人，卻不願在這個畫面中失卻自己的活力。每次他出現在我視野裡時（如走進我正等他的咖啡館裡時）總事先做了準備，擺出一副滿不在乎、目不斜視的神情，總之，老想讓自己跳出畫面。

這種場面是否一定都是視覺畫面呢？它也可以訴諸聽覺。框架是語言的框圈。我能愛上一句說給我聽的話，並不僅僅因為這句話說到了我心坎上去了，而且還因為這句話句式的曲折（圈環）像記憶一樣將我包裹了起來。

6.景象中的倩影

維特「發現」夏洛蒂時（幕布拉開現出場景時），夏洛蒂正在切麵包和黃油。漢諾德愛上的是一個正在趕路的女人（格拉迪娃：那個朝他走來的人），而且他是從一個淺浮雕中瞥見她的。令我迷戀銷魂的常是某個景象中的倩影。我感興趣的是並不注意我存在的工作中的身影：年輕美麗的格魯西婭給狼人留下了鮮明生動的印象：因為她正在跪著擦地板。⑨從某種意義上說，運動中、勞作中的姿態形成了天真無邪的形象。對方越是表現出忙碌自己事的跡象和旁若無人的神情（我不在場），我就越能出其不意。好像為了戀愛，重演古代擄劫的規矩，使對方措手不及。（我令對方猝不及防的同時，對方也讓我措手不及；而我並沒有有意要去出奇制勝。）

佛洛伊德

7.事後的事令人惋惜

戀愛在時間上有個圈套（這個圈套就叫戀愛故事）。我（與所有人一樣）相信愛情是一個片斷，有頭（一見鍾情）有尾（自殺，拋棄，變心，急流勇退，進修道院，離家出走，等等）。但最初我失魂落魄的那一幕實際上是後來重構的：這是事後的事（après-coup），我重構了一個令人銷魂的形象。我現在感受它，我卻以過去的方式與它聯繫（提及它）：

Je le vis, je rougis, je pâlis à sa vue
un trouble s'éleva dans mon âme éperdue

拉辛

（我看見他，我面泛紅潮，四目相遇，我面無血色，一陣
惶恐懾住我迷亂的靈魂）⑩

人們總是以簡單過去時態（le passé simple）來描述一見
鍾情，因為它既屬於過去（現在重構），又簡單明瞭（時間
上毫不含糊）：也許我們可以稱之為「剛剛發生的事」（un
immédiat antérieur）。對方的形象也與這一時間上的圈套相呼
應：它清晰，突兀，位於一個什麼框圈之內，早已是（再次、
或總是）一段記憶（照相的本質不在於再現，而在於回憶）：
我「重溫」那令人陶醉的場景時，內心造出一個機緣：一切都
那麼湊巧，我不斷為這一機緣暗暗吃驚：我竟碰上這等好事，
讓我如願以償；或我竟冒這麼大風險：一頭拜倒在一個素昧平
生的形象面前。那重新浮現的一幕幕像一段漠然的煞有介事的
蒙太奇。⑪

J. L. B.

譯注：

❶ 法語中的「ravissement」既有「搶劫、擄奪」之意，又有「使陶醉，使狂喜」之意，甚至還含有「強姦」之意。巴特的這篇小文正是探討這個多義詞的不同義項之間的聯繫。

❷ 古羅馬時的少數民族，居羅馬北部和東北部。早期羅馬帝國史上曾發生著名的「撒賓女子被劫」事件。據說，撒賓人曾應邀參加羅馬的競技遊藝活動。羅馬青年趁機強擄數名撒賓女子爲妻。

❸ 釘在十字架上的耶穌集中體現了基督教痛苦受難形象。

❹ 帕西伐，德國詩人馮·愛森巴赫史詩中的主人公，古代騎士，曾因過失而被逐出亞瑟王的圓桌騎士之列，四處漂泊，尋找聖杯，最終悟出上帝和聖杯的眞諦。理查·瓦格納曾根據這一題材創作同名三幕音樂劇，於1882年上演。

❺ 在柏拉圖的《會飲篇》中，蘇格拉底體現了眞善美的統一。詳見阿爾豈比德對蘇格拉底的頌辭。

❻ 大馬士革素有「人間樂園」、「荒漠之眼」和「東方明珠」之美稱。但1860年，有三千名以上的基督徒在這裡慘遭屠殺。故在西方人看來，大馬士革又是個聲名狼藉的地方。巴特巧妙地運用了這個能引起人們雙重聯想的地名。

原注：

① 傑狄狄（Djedidi）《阿拉伯情詩》：阿拉伯語「fitna」一詞既指戰事，又指男女間的勾引。

②③魯斯布魯克：「生命之根的骨髓是傷痛之根……內裡裂開之處不易癒合。」

④ 阿達那士·基赫歇：神雞的故事（見Experimentum mirabile de imaginatione gallinae）。

⑤《七日談》（Heptaméron），納伐爾王后瑪格麗特·德昂古萊姆（Mavguerited Angoulême, 1492—1549）所作的短篇故事集；轉引自費佛爾（Febvre, 1878—1956，歷史學家）的著作。

⑥ 福樓拜：「我在讀這些愛情篇章時，你彷彿就在眼前─那些被人們指責爲誇大其詞的東西我卻親身感受到了，弗萊德瑞克說。現在我明白了維特爲什麼沒有對夏洛蒂的麵包片感到膩味。」（《情感教育》）

⑦《少年維特的煩惱》，Aubier Montaigne版，第19頁。

⑧ 拉岡《討論集》，Ⅰ。

⑨ 佛洛伊德：「狼人」，見《心理分析五則》。

⑩ 拉辛《費德爾》，1，2。

⑪ 與J.L.B.的談話。

令人懷念

懷念。戀人在想像自己的死亡時，似乎看到愛戀對象的生活依然如故，就像什麼也沒有發生過一樣。

1. 生活照樣繼續

維特　　維特偶然聽見夏洛蒂和她的一位女友在閒聊；她們漫不經心地談論著一個臨終的人：「但是〔……〕假如今天死的是你，你離開了她們的生活圈子，那又將怎樣？〔……〕你的朋友們會感到你的死在他們的生活中留下了多大的空白？會持續多久？……」

這並不是說，我想像自己的死不會給人留下遺憾：訃告無疑是會有的：但是儘管有哀悼──我並不否認這一點──我看到他人的生活照樣繼續著，依然如故；我看到他們一如既往地忙於自己的事務，孜孜於他們的消遣，糾纏於他們的煩惱，光顧同樣的場所，同樣的朋友：一切照舊，任什麼都改變不了他們的生存。愛情本是近乎迷狂的假設──關於依附的假設（我絕對地需要對方），從中卻殘酷地冒出一個完全對立的念頭：沒有人真正需要我。

（只有母親才會遺憾和惋惜：所謂消沉，據說就是懷有這樣的形象：那是母親的形象，是在我的想像中那永遠沉痛地懷念著我的母親的凝滯、僵化的形象，但他人並不是母親；悼念是他們的事，而我則消沉。）①

2.閒言碎語

更使維特驚恐不安的，是垂危之人竟成了茶餘飯後的閒談資料：夏洛蒂和她的女友們真是些「三姑六婆」，那麼隨隨便便地談論死亡。我想像自己也是這樣被他人的話語細細地齧咬、吞噬，消失在閒言碎語的乙太之中②。而這閒言碎語並不因為我早已不成其目標而有所收斂，它照樣繼續下去，某種毫無益處但卻永不枯竭的語言的能量將最終戰勝我的回憶。

原注：
① 與友人J.L.B.的談話。
② 從詞源看，閒聊（papoter）最初有「開了鍋」（bouillir）和「尖著嘴，用唇尖吃」的意思；也可以是「喋喋不休地說」，「講別人的閒話、壞話」，「吃」等意。

「天空是多麼藍啊」

緣分。❶ 在一見鍾情的狂喜之後，在因戀愛關係引起的種種煩惱出現之前，有一段幸福的時光，所謂緣分——情投意合——就是指體現這幸福時光的情境。

1.戀愛的旅程

儘管戀人的表述僅僅是紛紜的情境，它們騷動起來全無秩序可言，不比在屋子裡胡飛亂舞的蒼蠅的軌跡更有規律，我還是能——至少是在回憶或想像中——給愛情的發展變化找出一定的規律來：我正是通過這種歷史的幻覺來進行嘗試：一次歷險。戀愛的旅程似乎分為三個階段（或三幕戲）：首先是一見鍾情，是閃電般的「迷上」「被俘虜」（我被一個形象迷住了）；然後便是一連串的相逢（約會、電話、情書、短途旅行），在此期間，我如癡似醉地「發掘」著愛戀對象的完美，也就是說，對象與我的欲望之間那種完全出乎我意料的契合：這是初時的柔情，₁ 田園詩般的光陰。在這幸福時光之後便是「一連串」戀愛的麻煩——正是在兩者的對比中（至少戀人回憶起來是這樣），前者才顯示出自己的特徵（和終結）——：

龍沙

持續不斷的痛苦、創傷、焦慮、憂愁、怨恨、失望、窘迫還有陷阱——我成了裡頭的困獸，老是提心吊膽，生怕愛情衰退，怕這衰退不僅會毀了對方和我，還會毀了當初的緣分，那種神奇的情投意合。

2.緣分復歸

有些戀人並不輕生：我能從（繼情投意合的幸福時光之後出現的）昏暗漫長的「隧道」中走出來，我又能重見天日了：這也許是因為我成功地找到了解決不幸愛情的辯證出路（維持愛情，但脫離夢幻，冷靜現實地對待它），再不然就是屏絕這次愛情，我再重新開始，努力地向別人重申我的那次緣分——至今我仍然能夠感受到它給我帶來的眩暈：因為那是「首要的樂趣」，而在這緣分復歸之前，我不能停止我的重申：我在肯定著我的癡情，我重新開始，但並不重複。

（緣分是光彩奪目的；戀人在回憶自己的戀愛經歷時只記得其中的一個階段，他會說到「愛情那令人眼花撩亂的隧道」。）

3.驚歎

在「緣分」中，我驚歎自己發現了一個人，他妙「筆」

連珠——恰到好處，無一敗筆——完成著我幻想的圖畫；我就像個走運的賭徒，只消把手放到那小玩意上立刻就能滿足自己的欲望。這是循序漸進的發現（好像覆核清點一樣）：意氣相投，心領神會，如膠似漆，我能（當然是一廂情願）和另一位永遠保持這樣的關係，並且他可望成為我的「那一位」；我完全沉浸在這種發現中（我因此而戰慄），可以說，在邂逅某人時產生的強烈好奇心也能算得上是愛情（比如那個年輕的莫拉伊特人，他貪婪地注視著旅行途經那兒的夏多布里昂，連最細微的動作都逃不過他的眼睛，他緊緊跟隨著夏，直到後者最後動身上路，小夥子感受到的難道不是愛情嗎？）②。在有緣的相會中，我時刻都在對方身上發現自己的影子：你喜歡這個嗎？嗨，我也喜歡！您不喜歡那個？我也不喜歡！布法和貝居榭邂逅，兩人驚喜萬分地盡數他們的共同愛好和樂趣：人們可以感覺到，這是名副其實的戀愛 ❷。緣分使（已經被迷住、被俘虜的）戀人感受到某種超自然的偶然造成的震驚：愛情純屬「碰運氣」❸。

（兩人尚未相互認識；於是就得自我介紹：「這就是我。」這裡有敘述的快感，它既滿足了瞭解，同時又推遲了瞭解，一句話，糾纏不清 ❹。逢到有緣分的相會，我總是不斷地重新活躍起來，我很輕佻。）③

夏多布理昂

布法和貝居榭

R. H.

譯注：

❶ 原文rencontre解釋「相逢，邂逅」，可以引申爲「偶然，機緣」；也可根據上、下文的具體語言情境理解爲「情投意合」，不過應該注意的是，這裡側重的始終是戀人的主觀感受。

❷ 指福樓拜所著的長篇小說《布法和貝居榭》中的兩位主人公；參見前言部分的有關注釋。

❸ 原文直譯是「屬於（酒神的）骰子一擲的範圍」。酒神，無疑是借用了尼采的觀點，即「非理性主義的激情」之意；「骰子」可能暗指馬拉美（Mallarmé 1842－1898，法國著名詩人，其作品對西方現代文學有極其重要的影響）的詩作《骰子一擲永遠取消不了偶然》，這首詩（或者說是「一個長長的詩句」）帶有濃厚的神祕主義色彩，其中的「字」在馬拉美看來既能產生夢幻，又代表了美，而詩中的許多空白則表達「不可言說的東西」；由此看來，巴特運用這兩個詞可以使讀者（當然首先是西方的讀者）產生許多有關愛情的聯想：非理性的激情，神祕，夢幻，偶然，美，不可言傳的、特殊的愛戀等等；這種紛紜雜亂的感受，戀人不能、也沒必要用文字或語言確切地表達出來，他所要做的就是用他特有的——也許是難以言傳的——表述來肯定他的癡情。

❹ 這裡又出現了文字遊戲：「糾纏不清」（relancer）原意是「再拋」，「（把球）拋回」；「重新活躍」（rebondir）原意是「再跳起來」，而「輕佻」的原意則是「輕」（léger）；由此可見，這些動作或特徵完全可以聯結起來〔拋回，彈跳起來，（因爲）很輕〕，也就是說，至少有兩個系列動作任由讀者挑選，由讀者去進行再創造，而不必過分拘泥於去找出能指和所指之間的必然聯繫，此種現象在本書中屢見不鮮，似乎表明作者在身體力行自己的理論見解。

原注：

① 龍沙的詩：「當我陷入了溫柔的初戀，多麼甜蜜，多麼柔和……」。

② 夏多布里昂（François René dé Chateaubriand，1768－1848）《從巴黎到耶路撒冷旅行記》。

③ 與R.H.的談話。

回響

回響。這是戀人主觀意識的基本形式：一個詞，一個意象，都會在戀人的情感意識中產生痛苦的回響。

1.回響／記恨

在我身上發出回響的東西，是我靠了自己的身體去感知的：當我的軀體正麻木地沉浸在對某個普遍狀況的理智認識中時，突然有個細微、尖利的東西喚醒了它：詞、意象、思想會狠狠地抽你一鞭。我的軀體內部開始顫動起來，彷彿裡頭有好幾個喇叭，它們互相呼應，又互相盡力蓋住對方：騷動造成的痕跡漸漸變寬，一切都被（迅速地）破壞，留下一片荒蕪。我的想像無法弄清這回響究竟是怎麼回事，是最微不足道的挑釁還是實實在在會引起嚴重後果的事情；時間在事先（我腦子湧現出不祥的預言）和事後（我恐懼地回憶起「先前曾經發生的事」）被動搖了，無中生有地冒出一大段關於回憶和死亡的表述，我完全被捲入其中了：這是記憶的統治，回響——尼采稱之為「記仇」——的武器。[1]

尼采

（回響源於某件「出乎意料之事，它〔……〕一下子改變了人物狀態」②：這是一個戲劇性變化，一幅畫的「有利的」瞬間：是對憔悴、沮喪的戀人的悲愴寫照，等等。）

2.戀人的怯場

回響的空間是軀體——這想像的軀體，結構如此緊密協調（融聚），以致我只有在某種全身化的不安情緒中才能感受到它。這種不安（類似因羞怯、激動而產生的紅暈）是一種怯場。通常的怯陣——在比賽、演出等等之前——是由於主體想像自己遭到失敗，或是引起了觀眾的憤慨等等。而戀人的怯場，那就是害怕自我毀滅，也就是說在詞和意象的閃現中，③我忽然瞥見的、確定無疑並且非常形象的自我毀滅。

3.醃泡肉

當福樓拜在寫作過程中感到才思枯竭、寫不出好詞句時，便一頭栽到沙發上：他稱作「醃泡肉」❶。倘若事物震盪得過於厲害，它就會在我體內造成極其強烈的噪音，以致我不得不停止一切活動；我癱倒在床上，毫無抗爭地讓「內心的風暴」去恣意橫行；④與和尚相反——他是四大皆空（排出意象），我一任意象充塞自己的心靈，嘗盡它們的苦澀。因此，消沉有

它自己的動作——規範化的——，正是這種規範動作限定了它；因為我只要在某一時刻用別的動作（哪怕是很空洞的）去替代這個動作（比如起身，坐到桌前，並不一定立刻就開始工作），回響就會減弱並讓位於陰鬱的沮喪。床（在白天）是馳騁想像的地方；桌子——不管你在那兒幹什麼——使你重新回到現實。

4.完滿的傾聽

X……給我帶來了一個關於我的討厭的傳聞。這件事以兩種方式在我身上引起反響：一方面，我急切地接收其內容，為這樣的謠傳感到氣憤，打算闢謠，等等；另一方面，我清楚地感到那微妙的進攻性意念，它驅使X……——他自己並未明確意識到這一點——傳給我這麼一條傷害我感情的資訊。傳統語言學也許只注重分析消息；相反，積極的語言學則首先致力於闡釋、估價引導（或吸引）這消息的（此處為反作用的）力。那麼我又做些什麼呢？我將兩種語言學結合起來，使兩者相互擴充：我痛苦地置身於消息的內涵中（即謠傳的內容），同時滿腹狐疑，百般挑剔地詳察造就這消息的力：我兩頭落空，四面受敵。這就是回響：熱忱地實施一種完滿的傾聽：與精神分析醫生相反（原因無需贅言），在對方說話時，我的思緒並不流動，而是全盤聽進，處於完滿的意識狀態：我無法制止自己去傾聽一切，而這種傾聽的純粹性使我感到痛苦：有誰能毫

不在乎、沒有痛苦地承受一個複雜而又排除了一切「聲音」的意思？回響把傾聽變成了一種清晰可聞（明白易懂）的雜訊，把戀人變成了一個可怕的傾聽者，變成了一個巨大的聽覺器官——彷彿傾聽本身變成了敘述：在我身上是耳朵在說話。

譯注：
❶ 原文marinade指一種酸泡汁，或在這種汁裡面泡漬的魚或肉；由此引申出「久處困境」之意。

原注：
① 尼采語，轉引自德勒茲（Gilles Deleuze，1925—，法國哲學家）所著《尼采和哲學》（Nietzsche et la philosophie）。
② 狄德羅：《狄德羅全集》第三卷。
③ 狄德羅：「詞並非事物，而是一道閃光，人們正是在這閃光中發現事物。」
④ 《魯斯布魯克選集》。

晨曲

醒。不管是怎麼個醒法，戀人每次一醒來總是發現自己又陷入了情欲的糾葛。

1.長時間的沉睡

維特

S. S.

維特

維特提起了他的疲憊（「讓我繼續直到末日來臨吧：儘管我疲憊不堪，我還是有足夠的力量堅持到那兒」）①。戀人的擔心憂慮大量消耗著他的體力，就像某種男人幹的體力活。有人說：「我是那麼痛苦，那樣整天與愛戀對象的形象作鬥爭，以致夜裡我睡得格外地香甜。」②維特在自殺之前也曾經長時間地沉睡。③

2.種種醒法

司湯達爾

種種不同的醒法：有憂心忡忡的醒，痛苦（由於充滿柔情）的醒，也有腦子一片空白的醒，天真純淨的醒，以及焦慮不安的醒（奧克塔弗從昏迷中蘇醒過來：「突然，他的腦海裡

又浮現出他的種種不幸：人們不會痛苦得死去，或者，最多說他那時就像死了一樣」。）④

原注：
①③詳見《少年維特的煩惱》。
② 從S.S.君處聽說。
④ 司湯達爾：《阿爾芒斯》。

爭吵

爭吵。這一情景包括各種口角和鬧彆扭的〔按家常的說法〕場面。

1.從前，爭吵

當兩人用一種套話爭吵起來，並且都占上風時，這兩人肯定是已經結婚的人了：這場爭吵只不過是在行使一種權利，使用他們共同佔有的語言；爭吵意味著大家要輪流來，也就是說，有你的份也得有我的份，如此往返下去。這便是人們婉轉地稱為「對話」的意思：並不是要傾聽對方的意見，而是本著平等的權利分配語言商品。雙方都知道他們所鬧的彆扭並不會造成離異，就像一種放縱的取樂方式（爭吵是一種沒有受孕風險的交歡）。

尼采

隨著第一次口角，語言這易激動、無用的玩意兒便開始了它漫長的歷程，早在蘇格拉底之前，是對白（兩個演員之間的鬥嘴）惡化的悲劇。獨白被推到了人性的邊緣：古代悲劇，精神分裂症的某些症狀，戀人獨白（至少當我「一味地」沉溺於自己的譫妄之中，不想與對方鬥嘴時）。早期的演員，精神病

患者和戀人似乎都不願主宰話語，不願受邪惡的厄里斯 ❶ 慫恿而就範於成人的語言，社會的語言：一種普遍沿用的神經過敏的語言。②

2.爭吵的機制

《少年維特的煩惱》純屬戀人絮語：（抒情又焦灼的）獨白只在一處被中斷，即在接近末尾，臨近自殺前：維特去看夏洛蒂。夏洛蒂讓他在耶誕節前別再來看她了。也就是說，他以後該少往這兒跑了。他的激情也不再會被接納：接著便是一場爭吵。

先是有分歧：夏洛蒂窘迫，維特激動。而夏洛蒂的窘迫愈加讓維特激動：於是這個場面就只有一個主體，分為各逞其能的兩極（這個場面是帶了電的）。要讓失去重心的局面（像摩托車一樣）啟動起來並達到一定速度，得要有個捕獲物，雙方都使勁朝自己陣裡拽；這個捕獲物通常是樁事實（一方提出，另一方矢口否認：在《維特》中，這便是盡量減少登門次數）。從邏輯上講，要取得一致簡直不可能，因為爭論的焦點並不是語言之外的什麼東西，而是前面提到的話茬：口角是東拉西扯的扯淡。即便有個焦點也很快消失了。語言失去了對象。拌嘴時的一句話都說明不了什麼問題，也無法使人信服；它只有一個根源，那便是前面的話茬：爭吵時，我死死咬住對方剛說的話。爭吵的話題（既是分裂的，又是共有的）通過對句形式表現出來：爭吵就是古希臘戲劇中的爭辯性輪流對

白——世上所有口角的古代原型（我們都抖擻上場，說出的話都是一串串的）。儘管形式要工整，但每一對句中的基本分歧卻涇渭分明。所以夏洛蒂總是把她的話引到一個前提上去（「主要是因為你企求得到我是不可能的」）；而維特則翻來覆去地強調外來因素這一造成戀人創痛的剋星（「你這話一定是阿爾貝特教你的」）。挑出的每一個論點（對句中的每一行詩句）都與上句對仗，但又多添一份抗議；簡單說，就是更高的調門，無非是那喀索斯❷的呼聲，還有我呢！還有我呢！

3.沒完沒了的爭吵

　　爭吵就像個句子。從結構上講，並不一定非要在什麼地方打住話頭，沒有內在的羈絆可以止住它。因為像句子一樣，只要給一個核心（某件事實，某個決斷），它便可以無窮無盡地衍生下去。只有爭吵的結構以外的一些情形因素可以平息爭吵：雙方筋疲力盡（光有一方疲倦了還不夠），外人的出現（《維特》中是阿爾貝特），或者是衝動忽而轉變為惡意時，除了這些因素之外，任何一方都無力中止這場爭吵。叫我怎麼辦？閉嘴沉默嗎？更是火上澆油。為了大事化小，為了平息風波，我不能不回答。講道理嗎？誰也沒見到過有這般利器能讓對方啞口無言。就吵架論吵架。從爭吵轉移到關於爭吵的爭吵本身就是一場爭吵。一走了事？這是拆臺的符號跡象；兩

人的關係已經夠鬆散的了，像戀愛一樣，吵嘴也得有來有去才行。爭吵就是這樣沒完沒了。就像語言一樣：吵嘴本身就是語言，無窮無盡中的一段；「得寸進尺」，自打有人類以來就一直沒有沉默過。

（X君……這方面倒不錯，從不在別人說過的話上做文章；他真有超凡的耐心，居然不從語言中撈油水。）

4.無意義的爭吵

爭吵沒有什麼內在意義，既不會澄清事實，也不會帶來轉機。爭吵既沒有什麼實效，也談不上有什麼邏輯意義；它只是一種奢侈，吃飽了沒事幹：像放縱的性衝動一樣去留無跡，也不會留下什麼污點。悖論：在薩德的作品中，暴行也不會留下污跡；人很快就恢復了元氣。——為了新的付出：不斷地被挫傷、凌辱、折磨，覺絲蒂娜總還是那麼水靈靈，安然無恙 ❸。爭吵的雙方也是這樣：經過一場風波，他們又獲得了新生，好像什麼都沒有發生過。就這風波的微不足道的程度而言，爭吵倒是很像羅馬式的嘔吐：我觸動我的軟齶（我發作起來），我嘔吐（惡語傷人），接著，我又心安理得地進食了。

薩德

5.最後拍板

　　雖說沒有什麼大意義，但爭吵卻是想爭得一點意義。雙方都想當最後拍板的那一方。最後發言，「作定論」，就是對在這之前雙方所說的一切蓋棺定論，包攬、佔有、處理、敲打意義；就發言的程式來說，作最後發言的總是佔據權威地位，按慣例都是由教授、總統、法官、懺悔牧師把持，每一場爭論（古代詭辯者的鬥智也好，學究的論戰也罷）都是想佔據這個位置。我若能最後收尾，便能讓對手崩潰垮臺，讓他（自尊心）大大受挫，逼得他瞠目結舌，啞口無言。爭吵就是要得到這個勝利，要說爭吵中的每一句話為最後真理的勝利奠定基礎、並不斷構造最後真理倒也不盡然，倒是最後說的話要有分量：骰子的最後一擲定乾坤。爭吵絲毫也不像下棋，倒是像雪貂遊戲：只是與這種遊戲相反，遊戲結束時手裡還持有圈環的人算贏：雪貂始終跑來跑去，逮住這小東西的便是勝者：穩操勝券的是最後一說。

維特　　在《少年維特的煩惱》中，爭吵是以要脅結束的：「你讓我稍微休息一下，一切自會解決的。」維特以怨艾威脅的口吻說。那意思是：「你可以永遠擺脫我了」，這句激昂的話事實上可以被設想為最後說的話。要給這場爭執來個真正有分量的一錘定音，非得自殺不可；一旦宣佈了自殺，維特立即占了上風；我們又一次看到，只有死亡才能結束這串大寫的句子——爭執。

　　何為英雄？最後說話的人。誰可曾見過一個在彌留之際一

齊克果

言不發的？放棄最後發話（不想爭辯什麼）便屬於一種反英雄的價值觀念。③ 亞伯拉罕便是：按照神旨他得作出犧牲時，他一聲不吭 ❹；或者，更加大膽的回報──因為更不露聲色（沉默常常招惹耳目）──是以出乎人意料的急轉彎來代替最後發話。禪宗大師就是這樣做的。當別人要他回答「何為佛」時，他脫去木屐頂在頭上，飄然而去；不露痕跡地化解了最後一說，真是無為而無不為。

譯注：
❶ 厄里斯（Eris），希臘神話中的不和女神。
❷ 那喀索斯（Narcissus），希臘神話中因愛戀自己在水中的倒影而憔悴致死的美少年，在西方成為自戀的替代語。──譯者注
❸ 覺絲蒂娜，法國小說家薩德（Sade）《覺絲蒂娜或美德的厄運》（Justine ou les Malheurs de la Vertu）一書中的女主人公。
❹ 亞伯拉罕，基督教《聖經》故事中猶太人的始祖。上帝為考驗其虔誠，曾令他奉獻其愛子伊撒克作為犧牲。亞伯拉罕默默依從。上帝念其心誠，轉讓他犧牲羔羊供奉上帝。

原注：
① 尼采：「在角色與歌隊的應答中已經有類似對白的東西了。但由於一方從屬於另一方，因此直接對峙的爭鬥是不可能的。但一旦兩個主角面對面站著時，便產生了與希臘人本能相適應的語言的角鬥和論爭，希臘悲劇裡還沒有戀人間的對白﹝即我們所說的拌嘴﹞」。
② 賈克伯森（Jakobson），《對話》（Entretien）。
③ 齊克果《恐懼與顫抖》。

「沒有一個神父為他送葬」

孤單。這情境並不表示戀人人性的孤獨，而是指他的「哲學意義上的」孤獨，既然現在已沒有任何一個重要的思想〔表述〕體系把愛──情欲當一回事來認真對待。

1.重叛異教者

有這麼個人，他對所有的人都固執己「錯」，彷彿他面對著的是「搞錯」的永恆；該怎麼稱呼他呢？重叛異教者（重新墮落者）。不論是從一次戀愛轉到另一次戀愛，還是在同一次戀愛的過程中，我不斷地「重新沉浸到」不為任何人認可、只屬於我自己的內心的教義中，當維特的遺體被運至公墓的一隅，靠近兩棵椵樹（帶有清香，能勾起回憶還能催眠的樹）下葬時，「沒有一個神甫陪送他」（這是小說的結束語）。教會之所以譴責維特，不僅因為他的自殺，也許還因為他是個戀人，是個幻想者，因為他的出格，因為他除了自己不跟任何人「溝通」。①

2.所有的門都關上了

在《會飲篇》中，厄里什馬克不無嘲諷地提到他曾在哪兒讀到人們對鹽的效用大加讚揚，卻不曾看到過頌揚愛情的片言隻字；正因為人們極少談論愛神，《會飲篇》中這小範圍的聚會便決定以此作為這次會飲討論的題目 ²：有點像現在某些專唱反調的文人，他們討論愛情，而閉口不提政治，探討情欲，卻不談社會需要。上述談話的離心力來自它的系統性，在座的人試圖提出的並不是已經得到證實的觀點，或是親身經歷過的事情，而是某種教義，愛神對他們之中的每一位都是一個體系。可是如今卻不再有任何關於愛情的體系，某些涉及當代戀人的體系不給他以任何位置（除非是為了貶低他），他徒然地轉向這種或那種已被人們接受、認可的言語，卻沒有一種言語答覆他，除非是為了要他放棄自己所愛的東西。基督教的表述——倘若它至今還存在著的話——竭力要他克制，要他昇華。精神分析的表述（它至少還描繪他的狀態）設法使他屏棄他的想像。至於馬克思主義的表述則乾脆閉口不提。倘使我求上門去，要它們在某個場合（不論哪兒）承認我的「瘋狂」（我的「真實」），它們便接二連三地讓我吃閉門羹，當這些大門全都對我關閉之後，我的周圍便形成了一道言語的牆，它埋葬我，壓迫我，嚴厲地排斥我——除非我悔過，並同意「擺脫X……」。

（我做了個噩夢：一個我所愛的人在大街上感到不適，焦急地討求藥物；但所有的人都嚴厲地拒絕他，儘管我瘋了似

的來回奔跑；他的焦慮變得歇斯底里起來，我因此而責備他。我後來有點兒明白了，這個人就是我自己——不然，還能夢到誰呢？我向所有打我身邊經過的言語（體系）呼喚，均遭到拒絕，便不顧一切聲嘶力竭地呼喚一門能「理解我」——「接受我」的哲學。）

3.戀人的孤獨

戀人的孤獨並不是人的孤獨（表白愛情，袒露心跡，談戀愛），而是一種系統的孤獨：我獨自一人把它變成了一個系統（也許我不斷地被迫接受我自己表述中的唯我主義）。一個難解的悖論：我能被所有的人聽見（書本裡可以讀到愛情，愛情的語言也很流行），但我只能被這樣一些人傾聽（「有先見之明地」接受）：他們目前剛好跟我擁有同樣的言語。阿爾西巴德說，戀人就好比被蛇咬過的人：「他們不願向任何人提起他們的不幸，除了那些跟他們有著共同遭遇的人，因為只有這些人才理解和體諒他們由於痛苦的緣故竟然會說出或做出那樣的事來」：不過是稀稀拉拉的一群「餓死鬼」，一群殉情者（同一個戀人不就要輕生好多次？），沒有任何一種偉大的言語（除了以前傳奇中的隻言片語）理會他們。

會飲篇

魯斯布魯克

4.與世隔絕

　　跟過去生活在教會統治下的社會裡得不到寬容的神祕主義者一樣，我，作為戀人，既不鬥爭，也不抗議；我只是不對話，不與權力機構、管理機構、思想界、科技界等等進行對話；我並不一定就是「不問政治」的。我的古怪之處就在於不「被人煽動」。反過來，社會將我置於某種公開的、奇特的控制之下，既無審查制度，亦無清規戒律；我只是被某種無意義、不言自明的旨意高高掛起，使我好似與世隔絕、遠離了人間煙火，我挨不進任何檔次，無家可歸。❶

5.我為何孤單

我為何孤單：

道家　　　眾人皆有餘，

　　　　　而我獨若遺。

　　　　　我愚人之心也哉，

　　　　　沌沌兮。

　　　　　俗人昭昭，

　　　　　我獨昏昏，

　　　　　俗人察察，

　　　　　我獨悶悶。

　　　　　澹兮其若海，

兮若無止。

眾人皆有以，

而我獨頑似鄙。

我獨異於人，

而貴食母。⑤

譯注：
❶ 讀者不妨參見「無類篇」和「各得其所篇」，這些分析都帶有結構主義的方法特徵。

原注：
① 原文relier意即將……聯繫在一起，溝通，與宗教religion，意即人通過信仰與神的意志相聯似有共通之處。
② 詳見《會飲篇》（可參見朱光潛的譯本）。
③ 同注②。
④ 魯斯布魯克語。
⑤《道德經》，二十章。

符號的不確定性

符號。不管戀人是要證明自己的愛情，還是竭盡全力要弄清對方是否愛他，反正他沒有任何可靠的符號的體系可以指望。

1.什麼東西的符號

我尋求符號，但，是什麼東西的符號？我閱讀的目的是什麼？是「我被愛上了」（我不再被愛，我仍然被愛著）？還是「我試圖讀出我的未來」①——用從古文字學和占卜那兒搬來的法子在白紙黑字中辨析出將要落到我頭上的事情？還不如這麼說，我始終糾纏在這個問題上，不厭其煩地追問對方：我究竟值什麼？

巴爾札克

2.常識提供矛盾的答案

想像有立竿見影的威力：我無需尋求意象，它自會突然出現在我的腦海中。隨後我才回到這個意象上，並開始沒完沒

了地徘徊於好的與壞的符號之間：「這類簡短的話究竟什麼意思？我非常敬重你？難道還能比這更冷淡嗎？是真的重修舊好？還是什麼打斷討厭的解釋的禮貌方式」？我跟司湯達爾筆下的奧克塔弗一樣，壓根不知道怎樣才是正常的；由於我被剝奪了理性（我也知道這一點），我要想得到確切的詮釋就得求助於常識；但常識所能提供的只是顯而易見的、矛盾的事實：「你想幹什麼，深更半夜的出去四個小時才回家，這實在不正常！」「當你失眠的時候，出去轉一圈是再正常不過了」，等等。要想得到真實，那只能通過強烈、生動的形象，可是一旦你試圖將這些形象改變成符號時，它們就變得模糊不清、飄浮不定了：就跟所有的占卜一樣，問卦的戀人得自己造成自己的真實。

3.言語的保證

佛洛伊德對未婚妻說：「唯一使我感到痛苦的事情就是無法向你證明我的愛情。」紀德：「她的一切舉動似乎都意味著：既然他已不再愛我，那我也就什麼都無所謂了。可事實上我還愛著她，甚至要比以往任何時候都更愛她；但要向她證明

這一點對我來說是不可能的。那才是最可怕的事情。」

符號並非證明，既然誰都能製造出虛假或模糊的符號來。由此不得不接受（完全是自相矛盾的）言語的至高無上的權威；既然沒有任何東西能給言語作擔保，我就將言語當作唯一

的、終極的保險：我不再相信詮釋。我把對方的任何話都當做真實的符號來接受；而且，當我說話的時候，我毫不懷疑對方也把我的話當真。由此可見袒露心跡有何等重要，我想從對方那裡把表達他感情的方式奪過來，並不斷地對他說我愛他；沒必要暗示或猜測：要想讓人知道一件事情，那就得把它說出來；但同時，只要它一經說出，那它就很有可能是真的。

原注：
① 巴爾札克：「她很在行，曉得戀愛特徵多半可以在微不足道的事情上表現出來。一個受過教育的女子能在一個簡單的姿勢中讀出她的未來，就像古維耶根據一個爪子的殘片就能知道：這只爪子是什麼動物的，這動物又有多大體積，等等。」《卡迪崗公主的祕密》（les Secrets de la Princesse de Cadigan）。
② 司湯達爾《阿爾芒斯》（Armance），《全集》。
③ 佛洛伊德《書信集》（1873—1939）。
④ 紀德《日記》，1939。

「今夜星光燦爛」

回憶。幸福和／或痛苦地回憶起與愛戀對象相聯的某件東西、姿勢或情景，這回憶帶有如下特徵：未完成過去時態侵入戀人表述的語法範疇。

1.回想

維特

「我們一起度過了一個美妙的夏天；我常去夏洛蒂的果園，爬到果樹上用長長的摘果竿采高處的梨子。她就在下邊，接著我遞給她的果子。」維特用現在式講述這一切，但他描述的畫面已經擔負起回憶的使命；在這現在式的背後，是未完成過去式 ❶ 在喃喃細語。有一天，我將回憶起那情景，我將沉浸在過去之中。戀人的畫面，正如同最初一見鍾情的迷戀（或俘獲），只是在事後才得以形成；這是回想，只能重新找到一些無關緊要的特徵，毫無戲劇性可言，彷彿我回憶起來的只是時間本身，僅僅是時間；這是無跡可求的香味，一點兒回憶，一股清香；這是純粹的消費，只有日本俳句才能表達 ❷，而不至於將它歸入任何一種命運的安排。

（為了採摘B花園裡長得很高的無花果，特地用竹子和剪成花葉飾狀的馬口鐵做成一根長長的摘果竿。這件童年時代的

（往事回想起來就像戀人的回憶一樣。）

2.未完成過去式

托斯卡

「今夜星光燦爛。」① 這幸福是一去不復返了。回憶使我滿足，使我悲傷。

普魯斯特

未完成過去式是誘惑的時態；貌似生動，實際並不真實；未完成的實在，未完成的死亡；既沒有遺忘，也沒有復活；有的只是記憶的誘餌，搞得人疲憊不堪。由於情景急於充當一個角色，它們從一開始就處於回憶狀態；往往在情景正在形成的時候，我就已經感覺到、預見到這一點了。這幕時間的戲劇恰恰與追尋失去的時間相反 ❸；因為我是在激動地、一幕一幕順著次序回憶，而不是哲學地、推理地回憶；我回憶是為了感到幸福／不幸——而不是為了理解。我不寫作，不閉門創作那尋回失去的時間的巨著。

譯注：
❶ 未完成過去式是法語的一種時態，用來表示過去時間裡尚未完成的、或正在進行的動作，人或事物的狀態等等；有時候，在回憶、講述過去發生的事情時，為了使表述生動，常常使用現在式，就像維特所做的那樣，但說話人和聽話人都知道那是過去的事。
❷ 在巴特看來，俳句的目的並不是為了「生產」什麼東西，表達什麼實實在在的事情，它是文筆清淡的典型；用符號學的術語來說，就是在能指和所指之間並沒有什麼純粹的肯定關係，能指並不肯定什麼，在其深處，所指則悄然飛遁；順便提一下，巴特之所以在《符號帝國》一書中高度評價日本文化，就是因為他認為在這種文化中，能指比所指具有更高的地位。
❸ 暗指普魯斯特的長篇小說《追憶逝水年華》；普魯斯特要在其寫作中尋回失去的時間，而要寫作，那就必須好好地思考，必須理解，然後才能訴諸筆端；而戀人則不然，他主觀上並不求助於語言，因為他並不想表達什麼，而只求感受，目的截然不同。歌德筆下的維特在愛上了夏洛蒂之後，根本作不出一幅她的畫來，原因就在於他陷在情感中沒有脫出身來，因而也就無從確切地表達他的感受。如果寫作時的歌德是「實實在在」的戀人，那我們恐怕也就讀不到《維特》這樣的作品了。

原注：
① 指普契尼的歌劇《托斯卡》中的著名詠嘆調。

輕生之念

自殺。在戀愛中常常會冒出輕生之念；雞毛蒜皮的小事一樁都會引發自殺的想法。

1.家常便飯

一個最最微不足道的刺激都會使我想到自殺：只要細心地考察一下就會明白，戀人的自殺並沒什麼動機。這種念頭極其輕率，隨便而且簡單，類似速算，只是在我表達的瞬間為我所需；我壓根沒把它當作什麼實實在在、持久的事情，根本不去考慮死亡的煩瑣背景及其種種平淡無味的後果：我只知道我將怎樣自殺。這是個句子，僅僅是個句子；我黯然地撫弄著它；可一件小事就能轉移我的注意力：「足足有三刻鐘，他在想著要結束自己的生命，接著又爬上一張椅子，到書架上去查找聖高班出產的鏡子的價目表了。」①

司湯達爾

2.談論自殺

　　有時候，一件無關緊要的事使我豁然開朗，它引起的回響使我出了神，我會突然感到自己跌進了一個陷阱，陷入一個不可能的處境（位置）裡動彈不得：只有兩條出路（非此……即彼），而它們又都被堵死了：不論轉向哪邊，我都只能沉默。這時候，自殺的念頭使我得以解脫，因為我能夠談論它（並且不屏棄它）；我死而復生，並用生命的七彩塗抹這個念頭，不是進攻性地將它引向愛戀對象（那明擺著是要脅），就是魔幻般地與他在死亡中結合（「我要下到墓中，只為棲息在你身旁」）[2]。

海涅

3.高貴與荒唐

　　學者們經過辯論得出結論說，動物不會自殺；頂多是有少數動物——馬、狗——有自傷的欲望。然而，正是在談到馬的時候，維特使我們認識到所有的自殺都自有高貴之處：「據說有一種寶馬，當它們受到過分刺激時，或者過度疲勞時，會本能地用牙齒咬開一根血管，以便呼吸得更歡暢一些。我也是這樣，我常常想割開一根血管，以求得永恆的自由。」[3]

維特

　　紀德的蠢話：「我激動地重讀了《維特》。在此之前，我已經忘記了他要花那麼長的時間去死（這是絕對虛假的）。這真是沒完沒了，讀到後來簡直想抓著他的肩膀往前推。讀者期

紀德

待的斷氣重複了四五次，每次都往後挪〔……〕這樣的推遲死亡真叫我惱火。」④ 紀德不明白，在愛情小說中，主人公是現實的（因為他是用絕對投射性的材料構成的，任何一個戀人都會全神貫注於這投射體），他也不明白，他所期冀的，是一個人的死亡，是我的死亡。

原注：
① 司湯達爾《阿爾芒斯》。
② 引自海涅《抒情的間奏曲》。
③ 詳見《少年維特的煩惱》。
④ 紀德《日記》，1940。

就是這樣 ❶

就是這樣。戀人老是想給對方下定義，又苦於無從對付這個定義的種種不穩定因素，於是幻想得到某種睿智，以便能恰如其分地把握對方，而無需借助任何形容詞。

1.什麼

心胸狹窄：對方身上的一切我都看不慣，不理解。他所具有的一切與我不相干的東西在我看來都是陌生的，敵意的；我對他產生了某種混雜著恐懼和嚴厲的感受；我害怕並且拒絕愛戀對象，一旦他不再與其形象契合。我不過是（像自由主義者那樣）「容忍」而已。在某種程度上，我是一個悲悲戚戚的、武斷的人。

（在我身上喋喋不休、靈巧而又不知疲倦——運行良好——的語言機器製造著它的形容詞鏈帶。我用形容詞將對方裹住，我歷數其特點，他的什麼〔sa qualitas〕。）❷

2.如是 I

通過這些含混其詞、搖擺不定的評價，一個令人難受的印

象繼續存在著：我發現對方依然我行我素；他本身就是這種執拗，使我碰壁。眼看著自己無力去移動他，真讓人驚恐不定；不管我做什麼，也不管我為他付出了什麼，他始終不放棄自己的系統。我很矛盾，覺得對方既是一個任性的神靈——她的脾氣變幻無常——又是一件沉重的東西，根深蒂固（這東西就像它現在這樣會老化下去，而我則為此感到痛苦）[1]。或者，我發現對方置身於他自己的範圍之內。我思量著，是否存在著一個點，僅此一個，在這個點上對方會突然與我相會？就這樣，對方「保持本色」（我行我素）的「自由」在我眼裡卻奇怪地變成了某種怯懦的執拗。我很清楚，對方就是什麼——我發現了對方的什麼——，但是在戀愛中，這個什麼對我來說是痛苦的，因為正是它使我們分離，因為我再一次拒絕認可我們的形象被分割開來，拒絕對方的變形。

字源學

3.如是 II

這第一個什麼並不貨真價實。因為我暗中還留了一個形容詞（就像變質腐爛的一個隱斑）：對方是固執的；這個什麼仍然屬於品質範圍。我應該放棄一切總結的企圖；對方在我眼裡不應帶有任何附加物；我越是明白，說得也就越少，就像那個孩子，他只需一個空泛的詞來表示某某東西：Ta, Da, Tat（梵語）[2]。什麼，戀人會說：你就是這樣，恰恰就是這樣。

禪宗

正是由於我將你指定為什麼，才使你逃脫了分類的死亡，使你擺脫了他人[3]，使你脫離了言語，我願你永遠不朽。他就是這

樣，愛戀對象不再接受任何意義，不論是來自我的，還是來自他自己的系統；他只是一個沒有上下文的文本，此外不再是任何別的東西；我不再需要或者渴望識別他；在某種程度上他是他自己的位置的延伸。假如他僅僅是一個位置，我就完全有可能替換他，但對於他的位置的延伸，他的什麼，我沒法用任何東西代替他。

J. L. B.

（在餐館裡，最後一道菜上完之後，人們就開始收拾桌子，重新準備明天的事情；同樣的白桌布，同樣的餐具，同樣的鹽瓶：這是位置的世界，輪流替換的世界，沒有什麼。）④

4.遲鈍呆板的言語

於是，在這瞬間，我達到了一種無形容詞的言語。我愛對方，並非因為他的（被歷數的）優點特徵，而是因為他的自然存在；由於某種你可以稱為神祕的意念作用，我愛，但並不是愛他這個人怎樣，而是愛他存在著。戀人用一種遲鈍呆板的言語來抗議（對抗世上所有靈活巧妙的言語）；一切評判都被停止，對詞意的恐懼亦被摧毀。在這個意念作用中被我清除的恰恰是優點（價值、長處）這一範疇：正像神祕主義者對神明（這仍然是一種屬性、品質）無動於衷一樣，由於我達到了對方的什麼，我用不著再拿奉獻去對抗欲望：我似乎覺得能夠減弱自己對對方的欲求，同時又能更多地享受到對方給我的歡樂。

（什麼的死敵是饒舌，這個邪惡的炮製形容詞的作坊。跟「就是這樣」的愛戀對象最為相像的是文本，我沒法在文本中插入任何形容詞：我從中得到快感，但無需去辨識它。）

5.星宿的友誼

什麼，不就是朋友嗎？他會暫時遠離你，但他的形象卻不會湮滅。「我們曾經是朋友，如今成了路人。這樣挺好，沒必要去設法掩蓋它，就好像是遮掩什麼見不得人的醜事。我們就像兩艘各行其道、追尋各自目的地的航船；也許我們能夠邂逅並歡樂一番，像我們曾經做過的那樣——兩船並排憩息在同一個港灣裡，沐浴在陽光裡，如此的安詳，彷彿它們已經抵達了目的地——完全一致的目的地。可是隨後，我們又為自己不可抗拒的使命所推動，彼此分離，天各一方，各自漂泊到海上，沐浴在不同的陽光裡——可能永遠不再相會，也可能再次相逢，但不再相識：不同的大海和陽光也許已經將我們改變！」⑤

譯注：
❶ 原文Tel意思是「就像這樣」，「如是」，這裡表示在戀人的眼裡，愛戀對象非同一般，無法用言語來形容他的生動、具體的存在，於是就用了這麼一個詞；下文中的「什麼」（除了第一節最後那個）都是同一個詞，都是說明戀人對愛戀對象的感受是「只能意會，無法言傳」這個意思。
❷ 法語中「qualité」可以解釋為「性質，特點，優點，品質」等等，這個詞來源於拉丁文的qualitas，意即「什麼」；因此作者在「歷數特點」之後，用了一個「什麼」，從詞源上看，兩個詞有密切聯繫，從上下文看，後一個詞又是從「可言傳」向「不可言傳」的過渡，由此可以見出作者遣詞的巧妙。

原注：
① 法語中「根深蒂固」（invétéré）一詞來源於拉丁文中的「inveterare」；原意是「衰老，老化」，在法語中可解釋為「積習已深」，即隨著時間的推移變得越來越穩（頑）固。
② 禪宗，見瓦茨（Watts）所著《禪宗》。
③ 「其他」（l'Autre），也可指「他人」；在存在主義哲學中，l'Autre指區別於主體並與之相對立的他人的總稱（「自我與他人」）；在戀人的主體意識中，愛戀對象常常用單數小寫的「他人」（l'autre）來表示；這裡用了大寫，意在表示擺脫了一切哲學的定義，是沒法定義的。
④ 與友人J.L.B.的談話。
⑤ 尼采《星宿的友誼》（Amitiés d'astrés），《快樂的知識》，格言279。

溫情

溫情。這是一種快感，但同時也是令人不安的評估 —— 面對愛戀對象所表現出的百般溫柔，戀人意識到自己對這種種溫情並不享有特權。

1.溫情與需要

這不僅是出於對溫情的需要，同時也有對對方表示溫存的需要：我們保持相互之間的善意，好像我們互為慈母；我們上溯到一切關係的本源：那就是需要與欲望緊密相連。溫柔的舉止意味著你要我做什麼都行，只要能使你安然入睡，但也別忘了，我對你也有那麼點兒微不足道的欲望，不過我還不打算立刻佔有什麼東西。①

性的快感不是借代，一旦得到，即被切斷；那是原本一直封閉著的節日，只是由於禁忌時而被衝破才迸發出來。溫情則恰恰相反，它只是沒完沒了的、永不枯竭的借代；溫柔的動作，插曲（晚會愉悅的和諧），沒有任何辦法讓它們停下來，除非將它們撕成碎片：似乎一切都重新出了問題：又是同樣的節奏——vritti——涅槃的遠遁②。

繆吉爾

禪宗

2.溫情與欲望

假如我是出於一般需要而接受溫柔的動作，我會感到滿足：這個動作不正是表現實際存在的一個神奇的縮影嗎？但是，假如我是出於欲求而接受溫柔的動作（很有可能兩種情況同時發生），我會感到不安：溫情理所當然不會是專一的，因此，我不得不承認，我所得到的，別人也同樣能得到（有時候，我確實經歷過這種情況）。你在哪裡表現出溫柔，你也就道出了你的「博愛」。

（L……驚詫地發現A……為了要這家巴伐利亞餐館的女招待給他來杯燒酒，便對她頻送秋波；同樣的天使般的目光曾經那麼深深地打動過她自己，當這些柔情是衝她而發的時候。）

原注：
① 繆吉爾：「她弟弟的身體是那麼柔軟地緊貼著她，以致她覺得自己也憩息在他懷裡，正像他在她懷裡安睡一樣；她身上的一切都停滯了，甚至她那美妙的欲望」。《無特徵的人》（I' Homme sans qualités），（第二卷）。
② 對於佛教徒來說，vritti就是波浪形的運動，輪迴的序列。vritti是很痛苦的，只有涅槃才能使它停止。

結合

結合。與愛戀對象完美結合的夢想。

1.天堂

亞里斯多德
伊奔・哈茲姆
諾瓦利斯

繆吉爾
李特

完美結合的命名：「惟一而單純的樂趣」①，「無瑕純淨的快樂，完美的夢幻，最高的理想」②，「神靈的壯麗」③，是共有的安寧④。或者說，是佔有的滿足；我幻想著，我們按照某種絕對的佔有原則互相從對方那兒得到快樂；這是會結出果實的結合，是愛情的開花、結果⑤（fruition〔結果〕這個詞是不是迂腐了點？他所說的享樂由於這起首字母的摩擦音以及尖細的母音造成的流動更增添了口腔的快感；在說這個詞的時候，我在嘴裡享受到這結合的快感）。

2.無法想像

龍沙

「在她那一半裡再粘上我那一半。」⑥我看了一部電影（並不怎麼樣），一個劇中人提到柏拉圖和兩性人。看來誰都知道

那兩個半邊試圖將自己重新彌合到一塊的故事（所謂欲望，
就是：缺少人所有的——給予人所無的；是附加，而不是補
足）⑦。

拉岡

（整個下午我都幻想著描繪、想像亞里斯多芬描述的兩
性人：外形渾圓，有四手四足，四個耳朵，一個腦袋，一個脖
子。這兩半邊是面對面還是背靠背？也許是肚皮對肚皮，因為
阿波羅要從那兒將他們縫起來，把皮揪起，做成一個肚臍眼；
他們的臉是相對的，既然阿波羅要將它們扭向他們的截斷面；
生殖器長在後面。我苦苦地想像，怎奈我只是個蹩腳的畫師，
平庸的幻想者，什麼也想像不出。兩性人象徵著那「古老的統
一體，其欲望與追求構成了我們所謂的愛情」，⑧對我來說，
兩性人無法想像；我最多只能想像一個惡魔似的形骸，奇形怪
狀，一點兒也不可信。從幻想中冒出一個滑稽的形象：正像從
不可思議的配偶生出夫妻生活的鄙俗，其中的一個一輩子為另
一個做飯。）

會飲篇

3.沒有角色

斐德若尋求婚配的完美形象⑨：俄耳甫斯和歐里第斯？
❶區別不大：軟弱的俄耳甫斯不是別的，正是女人，眾神就是
假女人之手使他遭難❷。阿德邁特和阿爾刻狄斯❸？那可強多
了：情女取代了衰弱的父母，將他們的兒子從原來的姓氏中奪
了過來，並給了他另一個姓：這一回，是老有個男人在其中行

會飲篇

事。不過，完美的配偶是阿喀琉斯和派特羅克勒斯：並不是因為對同性戀有什麼好感，而是因為在同一性別之內，差別也是生來俱有的：一個（派特羅克勒斯）是情人，另一個（阿喀琉斯）是戀偶❹。所以——按照大自然的法則，以及神諭、神話的原則——不要在角色的分工、差別（如果說不是性別的劃分）——之外去尋求結合（兩性融合）⑩；這是配偶的道理。

佛洛伊德

古怪（讓人氣惱）的夢表現的是相反的意象。在我幻想的雙人模式中，我希望有一個獨立的、沒有任何可旁顧的它處的點，我祈求（這不太時髦）一個以同一的恒定為中心並因此得到均衡的結構：如果一切並不在二中，爭鬥又有何益？我再次開始對雜多的追尋也是一樣。我所欲求的這個一切，要完成它（因為夢堅持要這樣做），那就只要我倆都沒有位置就行了：只要我們能魔幻般地互相替代：應該讓「這一個為了另一個」（「兩人為伍，這一個替另一個著想」）⑪處於統治地位，彷彿我們就是某種嶄新、陌生的語言中的詞，在這語言中，用一個詞去替代另一個詞是絕對合法的。這樣的結合將是沒有止境的，這並非因為它擴張的廣度，而是因為它的無差別的互換。

會飲篇

（面對一種有限的關係，我又能怎樣呢？這樣的關係使我感到痛苦。也許，要是有人問我：「你跟X……關係發展得怎樣？」我會回答：眼下，我正在開拓我們的疆域；我來個先發制人，先自籬定我們的共同疆域。但是，我夢寐以求的，是在一個人身上彙聚著所有別的人；因為，假使我從目前還是四處分散的這些點上將X……Y……Z……聚攏到一塊，我就能構成

一個完美的形象：我的對方也就誕生了。）

4.會死去的，也是可能的

　　人人都說完美的結合是不可能實現的夢想，可這夢想就是
沒法打消。我十分固執。「在雅典的石碑上，看不到那種將死
者打扮成英雄的頌揚，那種訣別的場面——夫妻告別，手拉著
手，這是只有第三種力量才能斬斷的婚約的最後關頭——；有
的只是哀悼，它就是這樣一下子被表現出來（……）沒有你，
我也就不成其為我了。」⑫ 我的夢想，正是在被表現出的哀悼中
得到證實；我能夠相信這一點，既然我的夢想是會死的（唯一
不可能的事就是不朽）。

沃爾

譯注：

❶ 俄耳甫斯是希臘傳說中的琴師和詩人，因懷念亡妻歐里第斯，便求冥王准他活著去到陰間，將她帶回人世。冥王爲他的音樂所感動，准了他的請求，但有附帶條件：他的妻子跟在他後面，未到陽間以前，不准回頭看她；但快到陽間時，俄耳甫斯忍不住回頭看了她一眼，冥王立刻將她召回陰間。

❷ 傳說俄耳甫斯被酒神的女祭司們撕碎。

❸ 傳說阿德邁特是希臘北部菲爾斯國的創建者和國王，因接待被從奧林匹斯神山上逐出的阿波羅而受到阿波羅的庇護，並被准予永生不死，條件是他的父母或配偶中有人代他去死；他的父母不肯，於是他的妻子阿爾刻狄斯便請替死。地獄女神佩爾色芬受了感動，讓她死而復活。

❹ 帕特羅克勒斯和阿喀琉斯相戀，前者爲戀人（照斐德若的說法），後者爲愛戀對象；兩者都是遠征特洛伊的希臘將領；阿喀琉斯這位希臘最勇猛的武士因與主帥阿格門農不和，不願出戰，致使希臘軍受挫。帕特羅克斯便披掛阿喀琉斯的盔甲上陣，但不敵特洛伊主將赫克托爾被殺；阿喀琉斯爲了替情人報仇才重新出戰，並殺了赫克托爾。

原注：

① 亞里斯多德：「神享有一種惟一而單純的樂趣」（引自布勞恩（Brown）所著《愛神與死神》（Eros et Thanatos））。

② 伊奔‧哈茲姆（Ibn Hazm）：「無瑕的快樂」，等等。本傑明‧貝雷（Benjamin Perret）所著《高尚的愛情文選》。

③ 諾瓦利斯（Novalis）：「神靈的壯麗」，同原注②。

④ 繆吉爾（Musil）：「並且，在這休息中融爲一體，毫不分離，以致他們的智慧彷彿不復存在，只有空洞的記憶，無爲的意志，她這樣佇立著，休息著，好像面對日出美景，她完全沉浸入化，連同她一切塵世的特徵」（《無特徵的人》，卷二，）。

⑤ 李特（Littré）：蒙田（Montaigne）曾提到生命的開花結果。還有高乃依（Corneille）：「如果不是每天做出犧牲，人們根本不能保存完美的愛所贈予的會結果的結合。」

⑥ 龍沙（Ronsard）《愛情詩》（les Amours）之127。

⑦ 拉岡《論文集》卷十一。以及：「精神分析學尋求的是欠缺的器官，而不是那欠缺的半邊。」（遺憾！）

⑧ 詳見《會飲篇》中亞里斯多芬的頌詞。

⑨ 詳見《會飲篇》中斐德若的演說。

⑩ 佛洛伊德《精神分析學論文》。

⑪ 《伊利亞德》卷十。

⑫ 沃爾：《衰敗》（Chute）。

真實

眞實。當戀人考慮他的愛情時，產生了某種「眞實的感受」，這裡所謂的眞實即指一切與之相關聯的言語插曲或片斷；戀人自以爲是唯一能夠「實事求是」看待愛戀對象的人；他確信自己的欲求的特殊性就是一種眞實，而且在這方面他是不會讓步的。

1.絕對的知識

維特　　對方是我的知識和財富，只有我認識他，是我使他生存於他的真實之中。除了我，任何人都無法瞭解：「我不明白，別人怎麼能夠愛她，怎麼有權愛她，既然我對她是那麼一往情深，除了她之外，我不知道、不認識也沒有任何其他東西。」① 反過來，我也是由對方所創造：由於有了對方，我才感覺到「我的

佛洛伊德　自我」②。我對自己的瞭解要勝過所有那些人，他們忽視了我身上的這一特徵：我是戀人。

（盲目的愛情：這話不對。愛情使人睜大眼睛，使人有明見：「我對你有絕對的認識。」好比祕書和上司之間的關係：不錯，你可以任意支配我，但我對你卻瞭若指掌。）

2.真實的感受

又是同樣的逆轉：人們視為「客觀」的東西，在我看來卻是造作，而人們視為瘋狂、幻想、謬誤的東西，我卻看作真實。奇怪的是，真實的感受就安身在誘餌的最深層。誘餌褪去了它的偽裝，變得如此純淨，就像一種本色金屬，什麼都不能使它變質：它是無法摧毀的。維特決意自殺了：「在給你寫下這些話時，我很安詳，沒有絲毫浪漫激情。」③ 轉移：真實的並非為真理，而是與誘餌的關係變成真實了。若要抓住真實，我只需固執己見就行了：當誘餌被不顧一切，毫無限制地肯定時，它會變成真實。（在愛─欲中，難道就沒有一丁點兒真正的……真實嗎？）

維特

3.無法壓縮的幻想

真實，也許就是指這個：一旦被奪去了生命，那麼除了死亡之外，他（它）不會留下任何痕跡（就像人們常說的：這日子真沒什麼過頭）。因此，從高棱這個名字可以引申出：他叫「真實」（Emeth）；去掉起首字母，變成「他死了」（Meth）④。再不然，真實，也許就是指幻覺中應該被延緩，但決不是被否定、被損害或被出賣的東西；它的無法再壓縮的部分，即臨終前老是想認識的東西（或者換種表達方式：「那我到死都不會知道……」等等）。

格林

（戀人自閹未遂？他固執地要把這個失敗變成某種價值。）

4.七斤重的袍子

禪宗

真實：就是不在點子上。有個和尚問趙周：「代表真實的惟一和決定性的詞是什麼？」（……）大師答曰：「是。」我並不認為這一回答表達了某種尋常的觀點，所謂一種模糊的關於一般應承的先入為主之見就是有關真實的哲學奧祕。我的理解是，大師古怪地用一個副詞去應答代詞，用「是」去應答「什麼」，實際就是要答非所問，或者不答在點子上；這是聾子的回答，正像他回答另一個和尚的問題一樣：後者問他：「據說萬物可歸一，那麼一又歸於什麼？」趙周 ❶ 答曰：「我在秦縣時，讓人給我做了一件袍子，重七斤。」

譯注：
❶「趙周」是根據音譯的（Tchao Tcheou），「秦」縣也是如此（Tching）。

原注：
① 《少年維特的煩惱》。
② 佛洛伊德：「一個懷疑自己愛情的人能夠，或不如說是應該懷疑一切不如愛情重要的事情。」轉引自克蘭（Melanie Klein）所著的《精神分析學論文》。
③ 同注①。
④ 格林（Grimm），《隱士報》：「高棱是用黏土和膠水做成的人。他不能說話。人們把他當僕人使喚。他永遠不能走出屋子。在他額頭上寫著Emeth（真實）。他日長夜大，成了最強健的人。人們害怕了。將他額頭上的第一個字母擦去，只留Meth（他死了）；於是他便塌了下來，重又變成了一堆土。」（引自叔倫所著《魔法及其符號體系》la Kabbale et sa Symboligue）

有節制的醉 ●

佔有欲。由於戀人意識到戀愛關係的種種麻煩都是因為自己不停地想通過這樣或那樣的方式佔有對方所致，他便決定從今以後放棄一切對愛戀對象的「佔有欲」。

1.清心寡欲

華格納

始終縈繞在戀人腦海的念頭：對方應給予我所需要的東西。①

然而，我第一次真正地害怕了。我一頭撲倒在床上，反覆思量，終於打定主意：從今往後，再也不想佔有對方，一點兒也不。

清心寡欲（這是從東方搬來的一個詞兒）是自殺的一種改頭換面的替代物。不（因愛情）尋短見也就意味著：打定主意不佔有對方。維特自殺的瞬間本來可以是打定主意放棄佔有夏洛蒂的瞬間：不是這個就是死亡（可見是多麼莊嚴的時刻）。

2.打消佔有欲，但並不退縮

尼采

應該打消佔有欲——但清心寡欲也不應露面：別說什麼奉獻。我不想用「貧乏的生活，尋死，極度的慵倦」去代替熱烈忘我的情欲②。「清心寡欲」並非善良之輩，它既強烈又生硬；

道家

一方面，我並不反對聲色世界，一任欲望在周身流動；另一方面，我又將我的欲望附著在「我的真實」上；我的真實就是絕對地去愛：捨此，我就只能隱退，散化，就像一支軍隊放棄了「包圍」。

3.權宜之計

那麼，如果清心寡欲是一個（總算有一個！）權宜之計呢？要是我總想（儘管是悄悄地）征服對方而表面上又裝出對他不再抱有非分之想的樣子？要不我就引退以便更可靠地佔有

道家
里爾克

他？③「黑寡婦」這種牌戲（誰吃進牌最少就是贏家）建立在一種哲人的偽裝上（「我的力量就在我的軟弱中」）④。這種想法是一種狡詐，因為它置身於情欲的內核之中，並不影響到情欲的纏綿和焦慮。

司湯達爾

（最後的陷阱：拋棄了一切佔有欲後，我為自塑的「美好形象」感到激動、興奮。我還是沒有擺脫系統：「阿爾芒斯為某種道德的激情所激動，這種道德仍然是某種愛戀奧克塔弗的方式……」）⑤

4.禪與道之間

為了使清心寡欲的想法能脫離想像體系，我就得做到（由於某種莫名其妙的疲憊造成的決定性作用）：聽任自己飄落在言語之外的某個地方，沉淪到惰性中，而且方式極其簡單：坐

禪宗

下（「安閒端坐無所用心，春天來臨青草自生」）⑥。還是東方：不願抓住「非佔有欲」？來（自對方）亦聽便，去（到對方）亦自由？什麼都不攫取，什麼都不拒絕：接受但不保存，

道家

製造但不佔據，等等。或者：「道常無為而無不為。」

5.有節制的醉

於是清心寡欲就由於這樣一個冒險的意念而依然充滿著欲望：「我愛你」縈繫在我的心頭，但我守口如瓶。我在心裡對不再是或還未成為我的對方的人說：我努力克制自己不去愛

你。

尼采

尼采的調子：「別再祈禱、祝福了！」神祕主義者的調子：「最最甘美、芳香、醉人的酒（⋯⋯）頹喪的靈魂沒喝就醉了，自由的、酩酊的靈魂！這健忘的、同時也是被遺忘的靈魂，竟然為了它從未飲過、並且永遠也不會飲用的東西而醉酒！」⑦

譯注：

❶ 原文為拉丁文「Sobria ebrietas」；這裡的「醉」使人聯想起尼采的觀點：醉的本質是「力的過剩」，是生命力旺盛的表現，而愛欲又是人體的活力中最強有力的，因此可以說，這裡醉就意味著愛欲（這其實是不言自明的）；至於有節制的醉，也就可以理解為節制愛欲，本文所表現的情境正是圍繞著這個中心展開的。

原注：

① 華格納：「人世應給予我所需要的東西。我要美，色彩，光明，等等」。（摘自在拜洛伊特讀到的一份華格納的《四部歌劇》的節目單。）
② 尼采的觀點。
③ 道：「不自見，故明；不自是，故彰；不自伐，故有功；不自矜，故長。」（《道德經》二十二章）。
④ 里爾克：「因為我從不糾纏你，所以我牢牢掌握著你」（為本書的兩首樂曲所作的詩）。
⑤ 司湯達爾《阿爾芒斯》。
⑥ 沃茨（Watts）《禪宗》。
⑦ 魯斯布魯克：轉引自拉保爾特（R.Laporte）所著的《超越空虛的恐怖那邊》（Au-delà de l'horror vacui）。

Neo Reading 001

戀人絮語
原著書名╱Fragments d'un discours amoureux

作　者╱羅蘭·巴特（Roland Barthes）
譯　者╱汪耀進·武佩榮
審　訂╱劉俐
企畫選書╱席芬·劉容安
編輯協力╱劉沁穎
責任編輯╱劉容安

總編輯╱徐藍萍
版　權╱黃淑敏、吳亭儀
行銷業務╱周佑潔、華華、劉治良
事業群總經理╱黃淑貞
總經理╱彭之琬
發行人╱何飛鵬
法律顧問╱元禾法律事務所 王子文律師

出　版╱商周出版
　　　　台北市104民生東路二段141號9樓
　　　　電話：(02)25007008 傳真：(02)25007759
　　　　Blog：http://bwp25007008.pixnet.net/blog
　　　　E-mail：bwps.service@cite.com.tw
發　行╱英屬蓋曼群島商家庭傳媒股份有限公司城邦分公司
　　　　台北市民生東路二段141號2樓
　　　　書虫客服服務專線：02-25007718·02-25007719
　　　　24小時傳真服務：02-25001990·02-25001991
　　　　服務時間：週一至週五09:30-12:00·13:30-17:00
　　　　郵撥帳號：19863813　戶名：書虫股份有限公司
　　　　讀者服務信箱E-mail：service@readingclub.com.tw
　　　　歡迎光臨城邦讀書花園 網址：www.cite.com.tw
香港發行所╱城邦（香港）出版集團有限公司
　　　　香港灣仔駱克道193號東超商業中心1樓
　　　　電話：(852) 25086231　　傳真：(852) 25789337
　　　　E-mail：hkcite@biznetvigator.com
馬新發行所╱城邦（馬新）出版集團【Cite(M)Sdn. Bhd.(458372U)】
　　　　11, Jalan 30D/146, Desa Tasik,
　　　　Sungai Besi, 57000 Kuala Lumpur, Malaysia.
　　　　電話：(603) 90563833 傳真：(603) 90562833
封面設計╱王志弘
內頁排版╱張凱揚
印　刷╱卡樂彩色製版印刷有限公司
總經銷╱聯合發行股份有限公司 電話：(02)2917-8022 傳真：(02)2915-6275
□2010年(民99) 7月23日初版一刷　　　　　Printed in Taiwan.
□2024年(民113) 3月12日初版23刷
定價╱350元

城邦讀書花園